五番町夕霧楼

TsutOmu
MiMukaMi

水上勉

P+D
BOOKS
小学館

目次

一

京都の古い遊廓として栄えた西陣の五番町で、かなり名のとおった夕霧楼の主人である酒前《さかまえ》伊作《いさく》が、疎開先の与謝《よさ》半島の突端にある樽泊《たるどまり》で急逝したのは、昭和二十六年の初秋である。酒前伊作は、終戦の年の春ごろから、京都が空襲を受けるものときめて、夕霧楼の商売に見切りをつけて、単身で与謝の生家へ帰っていた。

伊作はすでにそのころから、持ち前の神経痛がひどくなりはじめていて、馴れない畑仕事の辛労の上に、食糧難の耐乏生活もあってか、すっかり軀《からだ》を弱らせていた。しかし、強情な伊作は、無人のまま捨てていた生家の屋根をふきかえたり、根太《ねだ》のくさった建具をやりなおしたりして、古家を小綺麗な家につくりかえていた。人手に渡っていた田畑もとりもどして、老後を樽泊で送ろうという心算《つもり》だったらしい。

自給自足の体制がようやくにしてととのったところへ、敗け戦《いくさ》と決った。伊作は大きく落胆した。燈火管制もなくなり、世の中が嘘のような平和にもどると、誰もが都会へ帰ってゆくのに、伊作だけは、部落にのこって京へ帰ろうとはしなかった。

死因は持病の神経痛に、栄養失調からくる脚気《かっけ》が昂進した心臓衰弱だった。六十七という年齢も、病気に対する抵抗力をなくしていたといえたかもしれない。

その日の朝、伊作は、いつものように海岸へ散歩にゆくといって村を出て、だらだら坂になった村はずれの石ころ道を下りていったが、遠くに経ケ岬《きようがみさき》の燈台のかすんでみえる海が、うす墨を刷《は》いたように灰いろにひらけてみえる崖の上の平坦地で、急に咽喉がつまるような圧迫をおぼえてしゃがみこみ、そのまま村人にかつぎこまれた。その時は、もう元気がなく、とろんとしたうつろな瞳を周囲の者にむけて、

「おかつをよんでくれ、おかつをよんでくれ」

と力のない声で二どいった。

おかつというのは、当時、五番町に残っていて、夕霧楼をきりもりしていた当年五十三になる伊作の最後の女のことである。伊作は死ぬ七年ほど前に本妻のかな江を高台寺の家で亡くしていたが、それからは正妻をむかえず、二号であったかつ枝を夕霧楼に入れて差配させていた。若いころから女道楽をした伊作は、不思議とどの女にも子がなかった。戦争のためとはいうものの、晩年を与謝の在所で送らねばならない境遇になってみると、もうこのまま村で余生を送りたくなったという気持もわからぬでもない。しかし、死に際に会っておきたいと思った身内はやはり京の女、二号のかつ枝しかなかったわけであった。

与謝から京の五番町へ電報が打たれた。夕霧楼のかつ枝が、久子という古くからいる妓《おんな》を供

につれて、樽泊へかけつけてきた時は、それでも伊作が息をひきとる三十分ほど前であった。

「あんた」

とかつ枝は伊作の寝ているふとんに膝をすりよせ、しめったタオルで伊作の顔をふきながらいった。

「あんたは京は焼ける、きっと焼けるといいづめやった。せやけど、マッカーサーさんは京だけは空襲せんとそのままにしておいてくれはりましたンどすえ。夕霧もな、あんた、また商売がでけるようになりました。……久子はんも、照千代はんも、雛ちゃんもみんな挺身隊《ていしんたい》からもどってきやはって、えろうにぎやかになりましたえ。新しい妓《こ》ォもふえて……昔のようになりましたさかい、いっぺんあんたに来てもろて、見てもらお思うてましたた矢先やのに……」

「そうか、おかつ。そんだけ夕霧はにぎやかになったか」

と、とぎれとぎれにいい、大きな安堵感が襲ったものか、にんまりと草色の口角をほころばせた。そうして、かつ枝の横に太った臼のような尻を横ずわりにして、汗をかき、神妙に控えている妓の脂ぎった顔をみた。

「久子か」

と伊作はいった。苦しそうであった。それだけいって、そのまま眼をつぶった。かつ枝と久子が枕元をはさむようにして軀をせり出し、名を何どもよんだが、伊作は二どと口をひらかなかった。孤独な最期といえた。

伊作の枕もとには血の通わない遠縁の者たちが四、五人坐っていたが、どの男女も、かつ枝と久子の顔をじろじろみつめているだけで、座敷には妙な違和感がながれた。

かつ枝は、伊作といっしょになる前は、同じ西陣の上七軒《かみしちけん》で芸妓《げいぎ》をしていただけあって、五十三だというのに、まだ、若々しい色艶の出た白い顔をしていた。小鼻のゆたかにふくらんだ造作のととのった顔だちで、豊満な軀だった。こんな女を二号にして、夕霧の名義も呉れてやっていた伊作が、どうして正妻に迎えなかったのかと、死んだ当人を前にして、その了簡《りようけん》を理解しかねる村人もいたようである。

実は、伊作は生涯自分がえらんだ妓楼《ぎろう》経営に不本意な気持をいだきつづけていた。樽泊へ帰っても、村の連中には、くわしく京都での事業については喋ったこともなかったし、封建色の濃い小さな部落だから、そのような女を売買する水商売を嫌う慣習もあったのである。村人の中には伊作のことをよく言わない者もいた。

しかし伊作の父母たちは、永年伊作の送金する生活費で、この樽泊で余生をおくり、それぞれ七十を越えてから死んでいた。村を嫌った伊作が若年で京にとび出ていって、えらんだ職業が妓楼であったわけである。

戦争という理由もあって、藁屋根の軒のひくい家に帰ってきて、父母たちの死んだ座敷で、床の間にいま枕をむけ、同じ恰好で息をひきとった伊作の姿には、孤独な生涯が現われていたともいえた。あの世から爺婆ァがよびよせたンだと、いう者もいたほどである。

かつ枝は、どことなく冷たい空気のする酒前家にのこって、伊作の葬式をひとりで取りしきった。菩提寺の浄昌寺《じょうしょうじ》の墓地に骨をおさめて京へ帰ったのは二日後だったが、その出発する前夜のことである。新仏の位牌《いはい》を生家の仏壇にまつり、別れの香を焚いている時、入口の低い木戸を静かにあけて、しのび込むようにして入ってきた村男がいた。

「ごめん下さりませ。夜分に出ましてまことにすみませんが、奥さんにお目にかかりたいのでござります」

と、男は鄭重《ていちょう》にいって、土間に立ってぺこりと頭を下げた。痩せた細い顎に無精髭を生やしている。みるからに近在の百姓男と思われた。

応対に出た久子は、男の背後に十九か二十の、すんなりと背ののびた娘が、利発そうな顔をむけて立っているのをみた。久子はウチワのような平べったい顔の眉をうごかして娘をじろっとみた。

「奥さんはいつ御出発でござりますか。御出発までに、ぜひともお願いしたいことがござりましてなァ……」

と男はまたぺこりと耳までかぶさったバサバサの頭を下げた。久子は奥の部屋へ走りもどった。客の模様をかつ枝につげると、かつ枝も首をかしげながら居間へ出てきた。土間をみると知った顔ではなかった。とにかく、父娘《おやこ》とおぼしいこの二人の客を、うす暗い十燭光《しょっこう》の裸電球の下へ通すことにした。坐るなり男はいうのだった。

「わしは、樽泊の北にござります三つ股の在で木樵《きこり》をしております、片桐三左衛門《さんざえもん》という者でござります。じつは、ここにつれてきましたゆうをな、奥さんにあずかってもらえないかと思いまして、まいりましたのでござります……。夜分のお取り込み最中にお願いにあがって、申しわけござりません」

かつ枝は久子と顔を見あわせてから父親の顔と、そのうしろで、木綿の絣《かすり》のきものをきて、メリンスの黄色い三尺帯をしめ、きちんと衿をかきあわせて坐っている娘をみた。

すんなりと坐高の高い娘《こ》である。顔は父親に似て、細面《ほそおもて》だが、難をいえば、少しつり上ったような眼をしているだけで、鼻も口も、造作は概してととのっている。美人というほどでもないが、素直な田舎娘らしい佳《よ》さが感じられた。

かつ枝は息をのんでから、

「あたしにあずけるって……そのお娘《こ》さんどすか」

と三左衛門に訊いた。

「へえ、いいにくいことでござりますけれど、奥さんがここへお帰りになっていらっしゃると聞きましたもンで、娘ともようく相談して、まいりましたようなわけでございます。……どうぞ、ひとつ、よろしゅうお願いしとうございます」

父親は無精髭へ落ちかかりそうになった洟《はな》をすすりあげ、うしろの娘をふりかえった。ゆうとよばれた娘はこっくりうなずいて、おびえたような視線をかつ枝の方に投げたが、すぐまたうつむいた。

「あたしにあずけるって……あたしが、あんたはん、どんな商売してンのか、よう知ってはるンどっしゃろな」

と、かつ枝は娘の顔をみながら訊いた。

「そんなにええ商売でもおへんえ……世間さまでは指をささはる商売どすがな」

かつ枝はいくらか皮肉をこめていったのだ。すると父親はしょぼついた眼をすえて、

「みんな承知しておりますねや。じつは、うちには、この娘《こ》ォの下に、まだ娘が三人もおりますねや。……甲斐性もないのに、女ごの子ォをごろごろと産みましてな……ゆうは長女でござりますわいな。この娘の母親が去年の暮れから病身なもんで畑仕事ひとつせず、病院通いをしておりますんで、いろいろと銭が要るンでございます。それでな、いっそ京へ出して、何か仕事でもおぼえさそと思うとったのでございますが、どこへおたのみしてもそんな口はございません。即座の銭になるためには、やっぱり、水商売じゃないといけんという者もおりましてな

……ちょうど奥さんがお帰りになってるときいたもんですさかい、大急ぎでたのみにきたわけでござりますわいな」

かつ枝は、三左衛門の話が両方の意味に聞きとれる気がした。京へつれていって、どこか、ほかの仕事口をさがしてくれという意味なのか、それとも、五番町の家で女中にでもつかってくれという意味なのか、判断しかねていると、父親はいった。

「何もかも覚悟しておるとゆうはいいます。奥さん、ひとつ、この娘《こ》ォの軀をあんたはんに、おあずけいたしますよってに、好きなようにお使い下さりませんでしょうか」

細い人の好さそうな眼をしょぼつかせて、哀願するようにいうのだった。この父親は、そんなにまだ老けてはいない。四十を出てまもない年ごろと思われるのに、声にも、眼つきにも生来の気弱さが出ていた。

「お母《か》はんがわるいて、どないしやはりましたん……」

「へえ、血ィの道どすやろか。それに、ここがな、(と三左衛門は左肺の上部に手をあてた) 大けな空洞ができておりますねや。熱が出て、寝たり起きたりで、医者も、御馳走をたべて、ぶらぶらせんことにはなおらん病気やいいますさかいな、わしらの家では、もうたいへんなゴクツブシの病気でござりますわいな」

肺病で寝ているということがそれで知れたが、かつ枝は、いつかこの樽泊へきた時に、伊作の口から、雨の多い部落の日蔭の家には、かならずのように肺を患った人が寝ていると教えられて、眉をしかめた日のことを思いだした。

「へーえ、そらお気の毒どすな。ほれで、下に三人のお娘《こ》はんちゅうと、おいくつにならはりますねん」

「へーえ、この娘《こ》ォの下が十六。つぎが十三、そのつぎが七つですねや。十六の娘ォはこの春、中学を出ましてな、綾部の靴下工場へ糸繰りにいって、寄宿舎住いをしておりますけんども、まだまだ、銭を稼ぐというところへは、いっとりません。見習女工ですよってンな」

「ほれで、あんたはんのおうちは、田圃やら畑やらはあらしまへんのどすか」

「昔はちいとばかりの田畑はござりました。けんども、先代も病身でござりましてな。やっぱり、先代も舞鶴の病院で長いこと寝たあげくに死にましたンどすが、入院費やら薬代に、ありもしない身代をすっかり失くしてしまったのでござります」

「あんたが、そのお人《かた》のお子さんで」

「へえ、下に弟がいましたが、これも、大阪ィ丁稚《でっち》にいっとりました。せやけど、二十七の年にようよう年季があけるちゅう年になって、船場《せんば》の問屋で死んだのでござります。運のわるい家筋ですねや。せやけど、奥さん、ゆうはええ娘《こ》ォどすねや。これまでに病気ひとつしたこともおへんしな。学校も成績はええ方でござりましたし、父親《てておや》のわたしがいうのも何でござりますが、性格もおとなしいええ娘でござります」

かつ枝は哀れをおぼえた。なるほど父親のいうとおりにちがいないと思えた。ゆうというその娘は十九だというのに、一見して勝気なものは微塵もかんじられない。器量のいい娘《こ》に似あわず、どこかしょんぼりとした、おとなしすぎるほどの佳さがあって、強いていえば影のうすいようなところがほのみえる。これは父親の気弱な性格をうけているせいかとも思われたが、顔いろも病身なために白いのではなさそうだった。地の白肌《しらはだ》だった。生毛《うぶげ》の生えた耳たぶにも、ふくよかな衿首のあたりにも、娘々した健康なものも感じられる。

「ゆう子はんいやはりますのんか。どんな字ィかかはりますねん」

かつ枝は娘へ視線をあてたままで訊ねた。娘ははじめてこの時声をだした。

「へえ、夕方の夕をかきますすんどす」

あどけない声であった。父親が、あとをひきとるようにしてこたえた。

「名前は浄昌寺の和尚《おっ》さんにつけてもらいましたんどすねや」

浄昌寺というのは伊作を葬《ほうむ》った樽泊の菩提寺の名であった。かつ枝は、ゆうこ、、、と口の中でつぶやき、夕という字は夕霧の夕だとすぐ思いなおした。この娘なら、五番町の夕霧につれ帰って表に立たせても、決してひけはとるまい。今日からでも客は殺到するだろうと思われた。八人もいる娼妓《しょうぎ》たちの顔を、即座にかつ枝は頭にチラとならべてみて、これはたいへんな上玉を拾って帰ることになったと瞬間思った。しかし、よく考えねばならない。世間を知らない小娘のことでもあるし、父親の三左衛門も、木樵をして山へばかり入っているらしいから、娘を京へ出したいといっても、いったい、娘がどのような生活をおくるのか、はっきり納得させておく必要があった。かつ枝はずばりといった。

「終戦後は、昔のように、借金で軀を売らはって、稼いだお金を抱え主さんにみんな取られてしまわはるちゅうようなことは、あらしまへんよってにな。はじめから割り切って、うちらの店へおつとめにおいでやす娘はんもいやはるようになりました。そうやさかい、何も、つらいところへ身売りしたちゅう感じはおへんのどっせ。せやけど、世間はええ目でみやはらしまへん。まるで人間の屑みたいに思うていやはりますねん。せやけど、人さんのいわはるほど、つらいとこやおへんのどすえ。兵庫県の三木から来てはる雛ちゃんの世話で、これも、やっぱり三木のお百姓さんからきやはった松代ちゅう娘はんがいやはりますねやけど、この娘《こ》ォは二十三どすねや。生娘《きむすめ》でうちへ来やはりましたんどすけど、器量のええしんしょうのええ娘さんどすさかい、ええお客はんがぎょうさんつかはりましてな、今では、あんた、おあそびやら、お泊りやらのお客はんがひっきりなしで、一日とてお茶ひかはったことあらしまへん。そうどすな。月に三、四万は稼がはりまっしゃろ。うちへ来て二年どすけど、えらい羽ぶりどす。兵庫の家にはお父さんもお母さんもいやはりますけど、二人とも左ウチワどすわな。松代ちゃんのお部屋には電蓄も、洋服ダンスも、ええラジオもおます。みんなじぶんの甲斐性でつくらはりましたンどすさかい大きな顔どす。考えようによっては、あんたはん、まじめなとこへゆこいうて、京へ出やはったはええけど、すぐにまじめなとこやめてしもて、橋下《はしした》やら、木屋町のどんぐり橋あたりで、パンパンしてはる娘はんはいくらもいやはりますえ。そんなことしたら、わるい男はんにひっかかって、何にもならしまへんがな。軀をしゃぶりとられたあげくの果てに、捨てられてしまうのンが関の山どす。そんなこと思うたら、うちらァの商売は法律がみとめとるンどすさかいな、月々にお医者はんの検診もありますしな。安全どす。お客さんも安心して上ってくれはります。それでいて、あんた、頭がいたいいうて休みたかったら、みんな自由どすさかいな。無理して働かんでもよろしねや。下宿代払うて、うちにおいやすようなもンどすさかい、好き勝手にして暮せるンどっせ。今はもう、娼妓さん本位の廓《くるわ》の制度になりましたンどすえ」

三左衛門のしょぼついた眼に光りがやどった。かつ枝は精一杯切れ長の眼をなごめて三左衛門をみた。

「そら、なかなかようして下さりますのやな」

と三左衛門はぼそりとつぶやくようにいったが、うしろをふりかえって、娘をみると、

「どうや、今のおはなしのとおりやな。お前、決心してゆくか」

とたずねた。抱え主の前で、父親が因果をふくめるようなひびきが出ていた。すると、夕子という娘はこっくりうなずいて、うつむいたままいった。

「あたい、もう決心してます。どこで働いてもええのんどす。奥さんさえよろしかったら、どうぞ、わたしをつれてって下さい」

かつ枝はわきの久子の顔をみて、瞬間、あきれたような、嬉しいような眼をした。

「お父はんも、御承知の上でそうお言やすのどしたら、ほんなら、夕子はんをおつれしますわ。当分、きものやら、何やかやお金がかかりますさかい、出来ることやったら、うちもさしてもらいますし、今は、昔とちごうて、娼妓はんの組合が出けるちゅう噂どすさかいな、それが出来ますと、お金も安い利子で貸してもらえるちゅうようなことにもなる噂どす。お母《か》はんの御病気で、お金が入用でしたら、ぎょうさんはでけしまへんけど、私も京へ帰ったら、相談してみて、お立替えはできるだけしたいと思います」

かつ枝は真実そんな気持になっていった。すると、父親は瞼《まぶた》をにじませて礼をのべた。

「ほんなら、奥さん、よろしゅうたのんます」

何ども頭を下げた。娘をつれてこの父親はやがて暗い夜道を帰っていった。

かつ枝は偶然とはいいながら、思いがけない新しい妓《こ》が見つかったことで上気した。じっさい、夕霧楼を再開したといっても、働いてくれる妓が少ないために困っていた。八人の妓はいるけれど、広い館はまわしをとってもあまるほど空部屋がある。

妓が財産の商売であってみれば、鉄《かね》の草鞋《わらじ》をはいてでも新しい妓がほしかった。そのためには、かつ枝はどれだけ苦労したかしれない。ツテを求めて、岐阜や名古屋へも娘のはなしがあると旅をした。かつ枝は父娘《おやこ》の帰った戸口をしめて部屋にもどると、久子にいった。

「えらい拾いもンしたことになったなァ、久子はん。あの娘《こ》ォやったら、えらい稼ぎ手にならはるわ」

久子はきょとんとした眼を向けて、まだ半信半疑の顔をしていたが、

「ほんまどすな。お母《か》はん。やっぱり、与謝へ戻らはって、ええことがおましたな。これも、みんな、お父《と》はんのめぐりあわせやおへんやろか」

仏がそのようなお土産までもたせて帰してくれるのかと、かつ枝は正直のところ伊作の位牌に合掌したい気がした。で、奥座敷へひきかえすと、仏壇の消えた蠟燭《ろうそく》に火をつけて、チンと小鈴をならし、手を合わせて唱えるようにいった。

「なんまんだぶ、なんまんだぶ、なんまんだぶ。あんたはん、夕霧はまた、ひとりええ妓ォが来てくれはることになりましたえ。ありがとうござります。あんたはん。なんまんだぶ。なんまんだぶ……」

かつ枝はいつまでも、仏壇の前に立てられた正覚院浄明居士《こじ》という位牌をにらんで坐ってい

たが、やがて、立ち上ると、仏壇にならんでいた二つの位牌のうちの白木の方を、スーツケースにしまいこんだ。早立ちの朝にそなえての、荷造りをはじめたのである。

翌朝、片桐夕子は、父親の三左衛門と、二人の妹におくられて、早や早やと樽泊の家にきた。夕子は、昨夜の身装《みなり》に紅い鼻緒のおろしたての下駄を履き、素足の指をちぢめるようにして、表の柿の木の下に立って、ぺこりと会釈をした。わきに背のひくい妹たちが浅黒い顔をひきしめて立っていたが、二人とも夕子に似て眼がつり上っていた。

夕子は柳であんだ古い手提げと、風呂敷包みを両手にさげていた。明るい朝の光線の下でみると、昨夜、電燈の下でみた時よりは、はるかに夕子は垢ぬけしてみえた。かつ枝はかすかに裏切られたような気がしたが、しかし、垢ぬけしていて悪いということはなかった。それほど夕子の柄《がら》は大きかった。十九といえば、京の町では、もう大人でなければならない。

ちかごろの娘は、早熟さをましてきていることもかつ枝は知っていた。田舎娘らしい素朴さと、まだうぶなものが感じられたと昨夜は思ったのに、成熟した女の匂いをたぶんに発散しているのに驚かされたのだった。考えようによっては、父親と相談して、遊廓へ身をしずめる決心が出来る娘であったから、土くさいめそめそしたような娘ではないはずだった。成熟していても不思議ではない。

伊作の遠縁の者たちにおくられて、樽泊の村を出たかつ枝は、久子に荷物をもたせて、舟着場のある浜まで下りていったが、片桐父娘たちは、早めに桟橋に出て待つことにしておいたので、村を出る時は、人目につかなかった。せめてもの思いやりだった。

与謝の樽泊はずいぶん辺鄙《へんぴ》なところである。陸路をとると宮津へ出るまでには、一台きりしかない木炭バスで四時間もかかった。昔から成相寺の下に舟着場が設けてあって、海路をとって宮津へ出る便が都合がいい。いま、その成相山の遠い山脈《やまなみ》が朝霞にうるんで鼠いろにみえる。舟といっても小さな発動機船だった。天の橋立や、その橋だもとにある有名な文珠寺《もんじゆじ》、半島の根もとの山上にある天台宗の古刹《こさつ》成相寺へ参詣する与謝の村人たちのために設けられた、一日三回しか往復しない舟便であった。穫入《とりい》れのすんだ時期でもあったので、桟橋へ出ると、舟の中に、四、五人の男女がいるのがみえた。半島の突端にある経ケ岬から、蒲入《かまにゅう》、本庄、野室《のむろ》、津母《つも》を経て樽泊へ立ちよった便船だった。舟には白い帽子をかぶった三十年輩の男が竿をとっている。かつ枝はさし渡された板がはげしくたわむので、足をとられないように久子を先にのせ、そのつぎに自分が乗った。

与謝の東海岸は、鬱蒼と茂った原始林が多く、黒い林がわれると断崖のつづいた海岸が荒波をうけていた。かつ枝は伊作の生家へは三どばかりしか来ていないが、舟から仰ぎみるたびに、伊作はずいぶん遠い山奥の村に生れたものだと感慨をおぼえずにはおられない。正直いって、伊作がこの村へ疎開をするといいだした時には、かつ枝は反対した。辺鄙すぎるせいであった。かつ枝の反対を押し切って、京都を捨てた伊作は、医者にかからずじまいで、戦後の苦しい生活を過して死んだのであった。かつ枝は、ひょっとしたら、もう、樽泊の村へは伊作の一周忌がくるまで来ないかもしれぬと思った。

二人が先に乗った舟着場で、片桐夕子は、三左衛門と二人の妹たちに何かぼそぼそいって別れていたが、やがて、舟に馴れた足もとでとび乗ってくると、かつ枝のいる甲板から少しはなれた箱の隅に立って、うしろの方から手を振っている。せまい白砂のある桟橋にのこった三左衛門の軀は、小柄で変に貧弱に、かつ枝の眼にうつるのだった。

「奥さん、浄昌寺がみえます」

と、舟が崖ぞいの小さな入江を出たころ、夕子がぽつんといった。かつ枝はその声に救われたように頰笑んだ。

「あのお寺はんは、うちらァのいた三つ股のお寺はんどしたんや。きれいどっしゃろ。百日紅《さるすべり》が咲いとります」

みると、三左衛門と夕子の妹が手をふっている浜の上から、急勾配になってせり上る段々畑があり、樽泊の村は、その斜面に、貝殻がこぼれ落ちたように、とびとびに藁屋根やトタン屋根をみせていた。その一だん高い山のはなに、灰いろのそり棟《むね》の屋根のみえる浄昌寺の本堂が、常緑樹の梢の合いまに、桃いろの百日紅の花のかたまりをのぞかせてかすんでみえる。伊作の葬式をすませた寺であった。かつ枝は、寺の背のたかい、頰骨のはった五十近い老僧が、痰がつまったような大声を出して、伊作の棺に引導をわたした葬式の顔を思いだしながら、

「浄昌寺いわはりますのんか」

と、なつかしそうに、遠のいてゆく寺と村をふりかえっていた。すると夕子が、

「へえ、ながいこと、浄昌寺の墓場に百日紅が咲いとります」

といった。夕子の振る手は、白浜で炭切れのように消えかかる妹たちに向けられていた。樽泊を出た舟は、蒼い岬を迂回して伊根の港に着く。そこからは、まだ宮津は見えない。見えるのは、筋をひいたような線になってみえる、山裾の海岸線だけである。岩ケ鼻《いわがはな》、里波見《さとはみ》、日置《ひおき》を経て、宮津湾に入るのであった。成相山の麓までつくには、入り組んだ淵や、崖すその暗い樹の影を落した、紫紺色の海ばかりがつづく。

昭和二十六年九月二十六日のことである。片桐夕子は、夕霧楼主のかつ枝につれられて、はじめて汽車にのった。そうして、午後六時に京の五番町に身を投じた。満で算《かぞ》えて、十九だった。

二

五番町は、京都人には「ゴバンチョ」と少し早口でよばれる語調をもった、古い色街である。詳述しておくと、西陣京極《にしじんきょうごく》のある千本中立売《なかだちうり》から、西へ約一丁ばかり市電通りを北野天神に向って入った地点から南へ下る、三間《けん》幅ほどしかない通りである。この通りは丸太町まで千本と並行してのびているが、南北に通じるこの通りを中心にして、東西に入りこむ通りを含めて、凡そ二百軒からなる家々は軒なみ妓楼だった。

どの家も古い建築で、大きな塀に囲まれた構えをもつ館も二、三はあったけれども、大半は通りに面した二階家の、軒のひくい建物が多く、どの家も格子造りなのも特徴であった。終戦になる前までは、これらの家の表に面した赤や青の色ガラスのドアのあるタタキに、その館の妓《おんな》たちの写真が、額におさめられて貼りつけてあった。客たちは写真によって相方をきめ、商談にうつったものであるが、片桐夕子がきた当時の五番町には、そのような写真を飾った店は少なかった。

しかしどの家にも色ガラスをはめた昔どおりの格子の窓があり、タタキのだだっ広いフロアには、あおきやその他の室内木を植えた鉢がおかれていて、夕方になると、このタタキの入口がひらかれて、丸椅子をもち出した、ひき手婆さんとよばれる五十歳前後の女が、立ったり坐ったりしていた。この女は声が嗄《か》れていた。道ゆく客を入れこもうとして懸命に呼びかけるのが役目である。なかには、正装した妓も戸口に出て、ひき手婆さんのわきから、

「ちょっとォ、ちょっとォ」

と声をはりあげ、通りかかる酔客を呼び入れていた。ちょっと、ちょっと。お兄いさん。メガネさん。あるいは、道を通る男の特徴をずばりと摑んでよびこむ嬌声は、どの家の戸口からもしたし、その声は、谷底のようなこの町を夜っぴて這いまわり、ひくい軒の煤《すす》けた障子の閉めてある妓の部屋にもきこえた。

喧噪なひき手婆さんの呼びにかかって館に入ってくる客は常連ではなかった。毎週一どは必ずきまったように妓に会いにくる常連客は、明るい灯影からかくれるようにして暗い軒下を歩いて、妓楼にはさまれた小道を、イタチのように小走りでやってくると、目的の家にきて、さっさと入りこむ。下駄の音や靴音が、騒がしい客よびの声にまじってきこえるし、酔っぱらいの歌声までが通りを埋めるのは大体深夜の二時ちかくまでである。三時をすぎるころから、町は死んだような静寂をむかえる。

かつ枝は、九月二十六日の夕方、久子とふたりで、片桐夕子をつれて夕霧楼に入ったが、まだその時刻は早かったので、五番町は夜の時間に入ってなかった。夕霧楼は、千本通りからわ

ずかに入った角の地に建っていたが、その建物はずいぶん古びていた。実際、古色蒼然という言葉があたった。間口は四間あるのだが、小格子戸のはまった表の間の障子と、一間の戸口がならんでいるだけで、そこを入ると、細長いタタキがあり、内戸があって、その先はひくい床を張った上り口になっている。

かつ枝は家に入ると、表の間に立ったり坐ったりしている七人の妓を台所の廊下の方に向けてならべ、

「みんな聞きなえ」

と、与謝の舟着場から放さないできた黒皮の光ったハンドバッグを、はじめて畳の上に投げるようにしておいた。

「夕子はんいうてなァ。今日から、みんなァの仲間にならはる。十九やさかい、一ばん若《わこ》おっせ。仲ようしたげてな」

かつ枝は、妓たちを威厳のある眼つきで眺めわたした。まだ化粧もしていなくて、くち紅の落ちた青白い顔をした妓もまじっている。洋装和装とりどりの七人の妓たちが、膝坊主を前につき出してだらしなく坐った恰好は異様だった。肥ったのや、痩せたのや、黒いのや、白いのやがいた。左から順番に妓の名をいってかつ枝は夕子に教えた。

「あっちから、雛菊はん、照千代はん、紅葉はん、松代はん、団子はん、きよ子はん、敬子は

ん。いっぺんで名ァおぼえられへんさかいな、ぼちぼちおぼえてゆくんやな。よろしおすか」

とかつ枝はいった。かつ枝の顔は、与謝の樽泊の家でみた時よりも、落ちつきがみられた。わが家へもどったという安堵が出ているのではなくて、仕事場へ帰ったという意気込みのようなものがみえる顔つきだった。夕子はだまって、七人の娼妓に頭を下げ、かつ枝の案内で、やがて奥の廊下をわたって、夜明りに万両の実のみえる内庭にそうた部屋へ通された。

「ここがあんたの部屋やな。よろしおすか。ここでひとりで寝起きしはったらええのんや。すぐに働くいうたかて……そんなわけにゆかへんしなァ。あたしがちゃんとおはなししたげるよってに。のんびりとそれまで休んどって……よろしおすか」

とかつ枝はいった。そういってから、とっつきの半間の押入れをあけ、紅柄のふとんののぞいた内側をチラと点検した。かつ枝はいったん台所の方へ下ろうとしたが、にっこり下顎をうごかしていうのだった。

「あんた、お父はんや、妹はんにお手紙せんとあかんな。浄昌寺はんは名ァをつけてもろたお方やし。村の人らァにもハガキだけはせんとなァ、そうおし」

夕子はこっくりうなずいた。がらんとした四畳半の中にやがてぽつねんととりのこされたが、何思ったのか、夕子はぷいと立ち上ると縁に立ち、爪先だって石燈籠のみえる打水のした庭に眼をすえていた。表の方から、今しがた紹介された妓たちが、男を誘いこむ嬌声がきこえてくる。夕子は衿もとに手をあてていたが、不安ともおびえともつかぬ、何かに耐えようとする表情にみえた。

夕霧楼のおかみが、今出川浄福寺にある西陣帯の問屋、竹末《たけまつ》商店の主人である竹末甚造《じんぞう》に電話をかけてよこしたのは、その夜の十時すぎのことであった。竹末の店は、今出川通りに面していたので、時々緩慢な市電の通る音がしていた。

「大旦那《おおだん》はんどっか。あてどすがな」

とかつ枝はいった。

「なんや、おかつかいな。どないしたんや」

竹末甚造は、胡麻塩頭に手をあて、早目に寝こんだふとんの上へおきなおりざま、枕もとの受話器をあぐらの膝までひきよせていた。おかみの声ははずんできこえた。

「ええはなしどすねや。大旦那はん、あんたはん、いつか、いうてはったことがおましたやろ」

謎をかけるような物言いなのに、竹末甚造は寝端《ねばな》を起されたこともあって、いらだった顔をした。

「なんのことやか、さっぱりわからん、なんやな、おかつ」

おかみの声は低くなった。

「ええ娘《こ》ォがみつかりました。十九どすけどな。そら、上七軒の芸妓はんより正真正銘どっせ。うちが偶然にみつけてきましたんどすがな。器量もええし、ちょっと、オリハラケイコみたいな顔してます。大旦那はんの好みにぴったりやな思うてますんやけど、どうどす、いっぺん、顔みせておくれやしたら。えろう御無沙汰どすやおへんか」

竹末甚造は眉根をゆがめて、焦躁《あせ》った眼になった。彼はいった。

「阿呆なこといえ、そんなええ娘が、お前らンとこへくるかい。上手いうたかてあかん。みんな筒ぬけにわかっとる。どこぞの廓からひっこぬいてきた妓やろ。まただましくさる」

甚造はけけけけと笑った。が、べつだん、この八畳の寝室と境目になっている襖の向う側を、気にしている顔でもなかった。

「なにいうてはんのや、またそんないい方しやはる。怒りまっせ」

とおかみは真実怒ったようにいった。

「うちは酒前の葬式にいってきましたんどっせ」

「…………」

瞬間、甚造は受話器を耳からはなして、語調の変った声をだした。

「なんやて、伊作はんが死なはったんか」

「へえ、そうどす」

「嘘つけえ」

と竹末甚造はいった。おかみの声が耳をひっぱたくようにきこえた。

「そんなこと嘘いうて何になりますかいな。この月の二十一日に、与謝の樽泊で散歩してて、石ころ道でけつまずかはったンどす。そこで倒れはったンが原因して……ふうーっと心臓衰弱おこしてな。それから寝たきりで……ええ往生どしたわな。わたしら行った時は、ようよう間にあいましたけど」

竹末の顔つきは真剣になった。

「ほんまかいな」

「ほんまどす。三日目に葬式しましてな。樽泊の家は、遠縁筋の叔父さんとこに管理してもらうことにして、ひとまずうちら帰ってきましたけど、あの人も孤独な人どしたな。死に目に会《お》うて泣いたげた人は、あたしと久子はんと二人だけどした。村の人らはみんな、きょとんとした顔してみてはるだけどしたえ」

「………」

「大旦那はん、うちそれで、葬式すまして、いま帰ったとこどすがな」

「いま？」

と竹末甚造はまた眉根をよせて、受話器を耳に押しつけた。

「いまちゅうことあらへんけどな、夕方の六時に山陰線で二条駅につきましたンや。ほしてから車でもどってきたンどすねや。そのお土産にな、そんなええ子を偶然見つけてきましたンやが」

「酒前はんの在所でか」

「そうどす。ええ娘はんどっせ。ほんまに田舎から来やはった早々の生娘はんどっせ、まんだ何にもしらんおぼこどすがな。本人は覚悟の上やいうてな。親御はんとも相談してつれてきたんどすけど……誰かええ人に水揚げしてもらわんと困りますやおへんか」

おかみは、語尾をかすかに歌うようにいった。

「………」

「大旦那はん、だまってはったらあきまへん。何とかいうとくれやすな。うちは、あんたはんのこと思うて、はるばる与謝からもどってきて、さっそく電話しとるンどっせ」

竹末の顔は急に緊張した色をうかべ、やがて、下ぶくれした赭《あか》ら顔の口もとが大きくゆがみはじめた。すると、幾重もの皺のよった眼尻のあたりに、好色な感じがただよった。彼は受話器に微笑していった。

「よっしゃ。わかった、わかった。折角の電話や、いっぺんいったる」

「いっぺんいうたかて……たよりない。あしたにでも顔だけは見せとくれやすな。うち、あした、その妓《こ》ォつれて、西陣キネマで活動観てまっさかい」

「西陣キネマで？」

「そうどす。話がきまったら早い方がよろしやろ。どうだす。待ってまっせ」

とおかみはせかすようにいう。

「待て、待て」

と竹末甚造は、露出した毛ずねを掻きながらいった。

「あしたはあかん。あしたは東京の堀留《ほりどめ》からマルヒシさんのみえる日ィや。接待で祇園《ぎおん》さんの高宮へゆかんならん。いよいよ、統制がとれてな、せわしくなったンや。わいは呑んでしもたら、いうこときかんからな」

「せわしない人や。何にも、顔みたらすぐいうことおへんやろ。わたしはその妓ォの顔だけみてもろて、約束だけしてほしおすだけどすがな」

「よっしゃ。わかった、わかった」

竹末甚造は半ば面倒くさそうに、半分は興味ありそうな眼を天井になげていった。

「あしたな、宴会がはねてから、ほんでは木屋町ィでもお客さんつれてったあとで、ちょっと、夕霧へよるわ」

「夕霧へ寄っとくれやすか」

と、おかみは駄目を押した。すると、竹末はちょっと首をひねった。そうしてすぐに、ひねった太い浅黒い首をよこに振った。

「あかん、あかん、やっぱりあかんわ。五番町歩いてて、店の子にでも見つけられたら見せしめがつかん。そんなら、せやな、わいは九時ごろに電話いっぺんかけるわ。場所を指定するよってに、そこへその妓ォつれて来てんか」

気のりのしてきた顔である。竹末甚造は、ほほほと笑い声のきこえる受話器にいった。

「おかつ、オリハラケイコに似た妓ォて、そら、何ていう名ァやね」

「名ァどすか」

とおかみはちょっと間をおいてから、

「本名は夕子どす、ええ名ァどっしゃろ。夕霧楼の夕子やったら、ぴったりきますけどなァ。何ぼなんでも本名を名のられしまへんよってに、何ぞええ名ァあしたまでに考えといてもらえまへんやろか、おたのみ申します」

「名ァか。にがてやなァ」

と、竹末甚造はまた頭に手をおいて、好色な眼もとをさらに皺よせていたが、この時おかみの声が嬉しげに耳をうつのをきいた。

「夕子いうて、お寺はんのつけはった名前どす」

お寺だときいて、竹末甚造は眉根をよせた。

「何や、その妓はお寺はんの娘《こ》ォか」

「ちがいますがな。酒前の生れた在所のちかくの、三つ股いうとこの木樵はんの娘さんどっしゃ。せやけどな、生れはった時に菩提寺の和尚はんが、名ァつけてくれはったんやそうどす」

「へーえ、けったいな和尚《おつ》さんやな。そらひょっとしたら、自分の子ォとちがうか」

「あほなこといわんといとくれやす。酒前の葬式してくれはった、燈全寺《とうぜんじ》派のれっきとした禅寺の末寺《まつじ》はんどっせ。ええ和尚さんどしたえ」

「そうか」

と竹末甚造はいって、急に興ざめしたような声をだして、受話器を置いた。まだ、かつ枝の声が、たのんまっせ、たのんまっせ、といっているのが甚造の耳をうった。

竹末甚造は、この今出川通りにある帯問屋仲間では、かなり古株の方といえた。「竹《かぎたけ》というのが商標になっている。着尺《きじやく》も商っている。生えぬきの西陣の商人といえた。今年六十三歳ではあるけれど、五年前に妻を亡くしてから独身を通してきている。そのせいもあって、まだかくしゃくたる体軀と脂ぎった顔をしていた。

竹末には妻との間に長男がいて、すでに嫁をもらっていた。店は若い者たちにまかせた恰好にはなっているけれど、甚造は若夫婦を粟田口の家に住まわせて、自分は、店の奥に寝起きしていた。十人もいる店員と、女中のきりまわしだけは、若い者では出来ないというのが、甚造の主張であった。まだ隠居をせねばならぬ年でもないといって息子に口出しさせなかった。好色家の甚造は、息子夫婦と離れて気ままな道楽をつづけていたのである。げんに甚造は、今出川を天神よりに入ったところにある上七軒の「坂里」という館に、菊市という、鼻のつまった甘えた声をだす、背のひくい二十二の妓を持っていた。その上、時には夕霧楼へも顔を見せるといった精力的な男であった。

竹末甚造は、かつ枝とは上七軒にいたころ知りあった。もとより、大柄な餅肌のかつ枝は甚造の好みにあわない。どちらかというと、小麦色をして、ぴちぴちと胴のしゃくれた小娘がいいと、日ごろからもらしていて、夕霧にいた幸子《ゆきこ》という二十四の娘を可愛がって、夜ひるとなく通いつめたものだった。ところがその幸子が辞めて国へ帰ってしまうと、足が遠のいていたのである。

かつ枝は道で会っても、言葉をかける間柄ではあり、まだ上七軒に出ていて酒前といっしょになる前は、竹末が西陣業界の顔役でもあった関係から、宴会といえばかならず花がかかったものだった。そんなつきあいが今もつづいていた。かつ枝が、与謝でみつけてきた夕子を、道楽しつくした甚造にさしむけた理由はそこにあった。

けれども、かつ枝は、電話を切ったあとで、甚造には約束したものの、夕子が果して、思うようになってくれるかどうかが心配でもあった。そんな経験は何どもしていた。高い金を払って工面してきた娘が、いざ水揚げとなると、いくら説き伏せてもいうことをきかない。仕方なく、相手の部屋に置いてきぼりにして、だますようにして鍵をかけてとび出てくる。男がなだめつすかしつしながら手なずけようとしても、妓《おんな》は舌を嚙むといって泣き出すのであった。こんな場合、二日も三日も、娘を相手の部屋にあずけ放しにして、相手も三日がかりで、手ごめ同様にして欲望を果すことになる。仲立ちははらはらするのだ。水揚げは、収入になるが、いつも抱え主は手古《てこ》ずるのである。

それに、また、この水揚げといわれる初夜を売る風習は、終戦後の今日では公にすることは出来なかった。妓の厭がる行為を無理に強いるということは、人権尊重の意味からも排されている。すなわち、当時政府が法律をもって許していた売春法では、あくまで妓の意志でなければならない。

妓が、金銭を取得したいために、そのような水揚げ行為を自ら選んだ場合は個人の意志といえる。しかし、それを、抱え主が強制するわけにゆかなかった。といって、妓が承知するまで抱え主が待っていなければならないとしたら、部屋代や、化粧品代や、着物代まで立て替えた金は、いつ返ってくるか知れないのだった。

常識としては、妓を承知させて、初夜の金をなるべく多く取りたててやる。その金を、妓がこれから出発してゆくための身の廻りの物をそろえる金としてやりたかった。それがかつ枝の理のとおった親心である。かつ枝は、何とかして、甚造に夕子を渡したいと思った。甚造ならば、夕子の軀《からだ》に惚れるはずだ。甚造が気にいってくれれば、妻のない西陣帯問屋の大旦那である。ひょっとすると、夕子は玉の輿に乗るかもしれない。

かつ枝は自分の寝間にしている八畳で、まんじりともせず考えていた。一時を打ったころ、久子が二階から寝巻きのまま降りてきた。与謝ゆきで五日も休んでいたので、久子は夕方から精出して客をとっていた。常連客で、勇さんというトラック運転手があがっていった声をきいていたから、かつ枝は微笑して、久子の裾のはだけた緋《ひ》ぢりめんの寝巻きを見ながら、

「なんや、あんた、勇さんもう寝やはったんか」

と、与謝の旅のあいだの苦労をねぎらうつもりもあって、茶菓を入れている茶ダンスに腹ばいのまま手をのばすと、若狭《わかさ》塗りの菓子器のフタをあけて落雁《らくがん》をとりだした。

「これたべてんか」

「へえおォきに」

久子はしどけない恰好で畳に横ずわりになった。かつ枝はいった。

「夕子はんな。だれに水揚げしてもらお思うて考えてたんやけど、今出川の竹末はんはどうや

ろか。……あんたどない思わはる?」

「よろしな」

と久子はいって、四角い落雁を頰ばり、白い歯のならんだ健康な口中で、ぽりりと音をさせて嚙みくだいた。紅のはげた口もとをせわしなくうごかす久子の顔をみていると、久子がふたつ返事でいいというなら、自分の考えも当然だったと、かつ枝はにっこりした。

「あんたが賛成ならね、うちもそないいうてみるわな」

「電話しやはったら、あの助平爺さんとんできやはるわ。お母《か》はん。あの妓、どっちかいうと、せんにいやはった幸ちゃんそっくりやもンね」

「そうか。あんたもそう思うか」

とかつ枝はいった。自分も落雁を頰ばった。奥の入歯に、頰ぺた越しに白い手をあてて、こりッと嚙みくだく。

「いっぺんで、とんできやはる。お母はん。あの人の好きなタイプやもん。夕子ちゃんつらいやろけど、でも楽しいわね。あたしらだって、……今になって思い出になるもンいうたら、水揚げの夜さりに泣いたことしかあらへんもン。なあ、お母はん」

久子は眼をほそめて感慨をこめていうのだった。

「水揚げを泣くころが一ばん花どっせ」

久子はしばらく、かつ枝の部屋ではなしこんでいたが、やがて、二階から、雛菊の何かいう高い声がしたので立ち上った。煤けたひくい天井の上を荒々しく踏む音がする。耳をすますと、雛菊の声はヒサコときこえた。

「勇ちゃん起きたらしいわ」

ぼそりといって部屋を出ていった。うしろ姿を見送ったかつ枝は、廊下に出て、小縁づたいに内庭を廻った。燈籠《とうろう》ごしに、夕子のいる楓《かえで》の間をのぞくと、灯がともっている。けれども、ことりとも音がしない。

夕食をすませたあと、床を敷いて寝るようにすすめ、本を読もうと何しようと勝手だから、ゆっくり休みなさいといって、かつ枝は月刊雑誌の角のきれたのを二冊わたしておいたのである。しかし、その頁をめくる音もしなかった。かつ枝は気がかりになった。廊下を廻って縁をわたった。と、夕子の部屋の前へきて、

「夕ちゃん」

とよんだ。かすかなしわぶきが一つきこえて、息をつまらせたような気配がした。障子をゆっくりあけた。夕子は電燈の下に、柳製の手提げを置き、その上へ新聞紙をかさねて、両腕でかくすようにしてハガキを書いていた。

「なんや、あんたまだ、起きてたんかいな」

とかつ枝はいった。

「へえ」

しょぼついた澄んだ目をしてかつ枝をみている。顎の線の美しい子だとふと思う。竹末甚造の下ぶくれした赭ら顔が頭をよぎると、かつ枝は猫撫で声をだした。

「机はな、あしたまた、物置さがして、出したげるさかい、今夜はしんぼうして、それでハガキ書いてな」

「へえ」

とまた夕子は、睫毛のながい眼をひらいてかつ枝をみた。

「あしたな、うちが、活動写真観につれてったげる。ほしてな、そこらへんの道を教えたげるさかい、いっしょにおいで。ええか。ひょっとしたら、夜さりにごはんでも喰べにゆけるヒマがあるかもしれへん。早う寝て、あしたはみんなといっしょに朝ごはん喰べるゝやな、よろしおすか」

さしのぞくようにかつ枝は夕子の顔をみた。

「へえ」

とまた夕子はいった。どこへ出すのか、柳製の手提げの横に二、三枚のハガキを重ねている。鉛筆書きのハガキの表字は大きかった。一ばん上にのった一枚に、はっきりよめた字があった。

かつ枝は盗み見るように読んだ。

京都市上京区衣笠山鳳閣寺内

櫟田正順様

とはっきり読みとれる。かつ枝は瞬間おやと思った。衣笠山《きぬがさやま》の鳳閣寺《ほうかくじ》といえば、著名な鳳閣のある禅寺であった。その鳳閣寺内としてあるからには、夕子はお寺の誰かを知っているのであろうか。気づかれないように表書きをまた読みとってみると、たしかにその字は、鳳閣寺内、櫟田《くぬぎだ》正順様とよめる。かつ枝はわずかに顔いろをかえた。しかし、

「ぎょうさん、ハガキ出さはんのやなァ」

それだけいって障子を閉めて出てきたが、夕子が袖口でかくすようにして書いていたハガキの中の一枚だけが、妙に頭にのこったのであった。

〈けったいなこともあるもんやな。あの娘《こ》、鳳閣寺はんに友だちがいるんやろか……〉

そう思った瞬間、あの与謝の樽泊の片桐三左衛門が、夕子の名をかつ枝がたずねた時に、

「この娘《こ》ォの名ァは浄昌寺の和尚《おつ》さんがつけてくれはりましたンや」

と返事したことを思いだした。部屋にかえってからもかつ枝は耳にのこっている夕子の言葉をもう一つ思いだした。

〈浄昌寺はんが見えますなァ。奥さん、あすこのお墓場はながいこと百日紅が咲いとります

……〉
発動機船の甲板からみた、与謝の海べの段々畑の上方に、桃いろにかすんでみえた百日紅の花と、そり棟の屋根瓦を傘のようにひろげて、常緑樹の間にそびえていた田舎寺の本堂の遠景だった。
そこに、夕霧楼を呉れた酒前伊作が眠っていた。骨をおさめて、まだ二日目の夜のことである。

三

翌九月二十七日の午後八時少し前に、竹末甚造から電話があった。

かつ枝はその日の午後は、昼飯兼用の朝食がすんだあとで、妓《おんな》たちが台所の横の風呂場の夕タキで流行歌をうたいながら、喧《やかま》しく洗濯しはじめる音を耳にしていたが、どこやら落ちつかぬ気がした。やがて、約束どおり、夕子をつれて、五番町から五分もあれば歩いてゆける西陣京極へゆき、二本立ての映画を観た。キネマを出てから中立売千本を上った寿司屋の「天六」で、てっか巻きを喰い、夕刻に帰ってきた。風呂を上って間もない時刻だった。

待っていた電話だった。桃色ネルの、湯文字《ゆもじ》の上へ、晒《さらし》の襦袢《じゅばん》をまとい、その上に腰紐をしめただけの恰好で、かつ枝は帳場の受話器へ走って耳をあてた。

「おかつか、どうや」

と、甚造の暢気な声がした。こちらが張りつめているのに、ひどくゆったりした声なので、

「のんびりしたこというてはる。あんたはんいまどこですねや」

とかつ枝は怒ったようにいった。

「木屋町のな、四条下ったとこのな、『高瀬川』でお客さんしとるンや」

「高瀬川」はかつ枝もいちど竹末につれられていったことがある。飯物は出さないが、魚などはそろえはじめた、小ぢんまりした一品料理屋だ。座敷といってもせまい四畳半くらいしかない。そんなところで、かんたんに食事をしている相手なら、すぐにでもまけるはずだと、かつ枝はいらいらして、

「なにしてはんのどす。うちらァ今日は、ふたりして西陣京極へいきましたンや。活動写真みてな。ほれから、あんたはんの電話がいまか、いまかと今まで、待ってましたンどっせ」

「ほうか」

と甚造はまた、気のぬけたような声をだした。しかし、このような物言いをするのが甚造のくせであることも、かつ枝は知っていた。

「ほうかて、あんた、えろう情熱のないことおいいやすンどすな。ゆんべのおはなし、それで

はおあずけどすかいな」

歯ぎしりしたい気がした。すると甚造は、受話器に口を押しつけたのか、声が高くなった。早口にいった。

「せやな、そんなら、九時にな、どんぐり橋上ったところの『あすなろ』で待っとるか」

「あすこバアどしたな」

「そや」

と甚造はいった。

「いまは、まんだ、お客さんと、大事なはなしがのこっとんのや。それすんだら、すぐに廻るさかいな」

かつ枝は、やはり、夕子のことを甚造は忘れていなかったと思った。気強い気がするいっぽうで、そんなことぐらいでテレるような年でもないのにと、微笑がわくのだった。

「ほんなら、うちらァ八時半に出まっせ」

といって、電話を切った。すぐ、かつ枝は、湯ほてりのした赤い顔を廊下へ出して、庭向うの楓の間をみた。障子がしまっている。わずかにまた心配になった。廊下をすり足でやってくると、

「夕ちゃん」

声かけてから障子をあけた。

「へえ」

と声がして、夕子は柳手提げの上に、西陣キネマのもぎり嬢がくれた切符のはしきれと、梗《こう》概《がい》をかいた青い刷り物をならべて、いっしんに読んでいたらしい。

「あんた、ちょっとおいなはい。あたしと下《しも》へさがりまひょ。ちょっと会いたい人がおすのや。何かとな、京に馴れとかんとあかんさかい、あたしについてきてェな」

「へえ」

とまた夕子は、短い裾から白いくるぶしの足をそろえて立ち上った。昼からの散歩で、疲れている気配はなかった。かつ枝は、化粧をしていないうぶな夕子の横顔を、あらためてみながら、甚造の好きそうな顔だとまた思った。

どんぐり橋の「あすなろ」は、川底の高い高瀬川に裏口をみせていて、かなり古い名のとおったバアだった。戦後いち早く、ズルチン入りの飲みものを出す、喫茶店ともバアともつかぬ店を出していたのが、どうやら店らしい構えになっている。川べりの窓のボックスに坐ると、高瀬川の川草が昆布のように浮いて流れてみえる。澄んだ川面が夜明りをうけて光っている。なるべく川のみえるボックスに座をとって、かつ枝は夕子にジュースをとってやり、自分はウィスキーの水わりをたのんで、少しずつすするように口をつけて待っていた。

女の子が五人働いている。中には夕子と同年輩くらいの娘がいて、あくどい化粧をしたちんちくりんの顔をしたのが、たえずにこにこして客に愛嬌をふりまいていた。そんな年ごろの娘が働いている有様を夕子にみせたことは、効果が一つあった気がして、

「あんたと、おない年ぐらいのお方やろ、よう働かはるわ」

と感心したようにかつ枝はいった。夕子はこっくりうなずいて、めずらしげに、煙のもうもうとした、客のたてこむ店を見ていたが、やがて窓下の高瀬川に眼をやると、じっと眼を落してだまった。反対側のどんぐり橋の角にある川魚屋の行燈《あんどん》が、うす明りをさしのべているので、夕子の顔が、ほんのりうす化粧したように、きわだってみえる。かつ枝は甚造がきたら、自分の坐っている角度に置いて見せてやろうと考えながら待っていた。

その竹末甚造は、九時かっきりになると、つむぎの単衣《ひとえ》に角帯を締め、鼠の薄羽織をきて気ぜわしそうに入ってきた。顔がいくらか赭かった。

「だいぶ待ったたか」

と甚造はいった。そうしてかつ枝と顔をあわせると、眼だけでうなずきあい、夕子の方をちらっとみて、わきにすわろうとした。

「あたしがそっちへゆきますよってに、あんたはんは、こっちへ坐っとくれやす」

かつ枝はいそいで座をかえた。そうして夕子のわきに坐ると、

「夕子ちゃん」

と、窓下をみている夕子へ猫撫で声をだした。

「竹末はんいうてなァ、夕霧がお世話になってるお方やな」

「へえ」

と夕子はまたかすかに口の奥でいって、竹末の方に眼をうつした。甚造はにんまり眼尻を皺よせて、夕子の顔をみた。少し酔っているので、夕子の顔がうすぼやけて夕方の花みたいにみえる。

「わしは何をもらお？」

と甚造ははにかんだような口もとでいった。かつ枝はその甚造に微笑を送った。

「うちは、これいただいてますのどっせ」

そういって、竹末の方をみると、満更でもなさそうで、夕子の美貌とうぶさが気に入った様子だった。かつ枝はほっとした。甚造が同じウィスキーを注文するのを聞いてから、かつ枝はいった。

「夕ちゃんいいましてな、与謝の樽泊の村の娘はんどすねや。京へはじめて来やはったンやけど……まんだ、何も知らはらへんおぼこさんどす。タアさん、ひとつ、お父さんがわりになって……相談にのったげておくれやすな」

夕子にきかせるようにいうのである。

「………」

甚造は、お父さんがわりといったかつ枝の、妙なアクセントのある言葉に微笑した。

「せやな、これ一杯呑んだら、何んなら何か喰いにゆこか」

と夕子にとも、かつ枝にともきこえる物言いをした。それが、お父さんがわりになることを承諾した返事になった。

「わたしら、千本で、お寿司いただきましたンどすけどな、そうどすな、少しおなかがすいてきましたさかいに、おでんでもたべとおす」

とかつ枝はいった。

「おでんか。そんなら、章魚壺《たこつぼ》や。縄手へいこか」

「おーきに」

かつ枝はそこなら、奥へ上る座敷があり、人とも会わずに、落ちついてはなしが出来るとよろこんだ。「あすなろ」を出て、縄手通りの江戸風のおでん屋へ行った。ここはかなり奥ゆきのある店である。ようやく、あたりの歓楽街に活気がみなぎろうとする時刻であった。篠竹《しのだけ》の植わったせまい白砂の庭に面した奥に入ると、甚造は床の前の座蒲団に、どっかり坐った。眼尻の皺が、鳥の足みたいに何本もたたまれている。機嫌のよい証拠であった。かつ枝は夕子にいった。

「あんた、おなかすいたやろ、好きなもの何でもおいいやす」

「へえ、おーきに」

と夕子はこの時、どうしたのか、もじもじしていた。

「なんやねン、どないしやはったン」

かつ枝は気を利かして、

「あんた、おしっことちがうか。そうやったら、さっき入ってきた廊下の横てやがな」

と教えた。夕子は顔をあからめて立ち上った。かつ枝にいわれた通り畳をすって、廊下へもどっていく。くびれた胴の上三寸あたりのふくらんだ胸下へ、かつ枝が若いころしめていた太鼓帯を、久子が結んだものである。歩いてゆくお尻のあたりが、上背があるので年増女のように発達しているかにみえ、ぶりぶりと左右に大きくゆれるのを見ていた甚造が、

「ええ妓《こ》やなァ」

と舌なめずりしたようにいった。

「そうどっしゃろ、完全にあれで処女どっせ」

疑いぶかい眼を甚造はした。

「ほんまかいな」

「何いうてはんの、この人。京の娘はんとちがいまっせ。いくらなんでも、十九で、そないに、田舎の村でチャンスがおますかいな」

「わからへん、わからへん」

と甚造は首を振った。

「近ごろの娘ォ《こ》は、わしらよりしっかりしとるわ。ボヤボヤしとると、こっちがいかれてしまう。それは、はっきりしとるでェ……」

と甚造はあきれたように赭い目を丸くしていったが、夕子の消えた廊下をまだその眼で追いながら、

「せやけど、おかつ、お前の自慢するだけのことはあるなァ」

とまた感心したようにいった。かつ枝はその言葉に勇気を得て、

「ほんなら、水揚げしたげとくれやすか」

「………」

徳利をもって、甚造の盃についだ。うけとった甚造はいっきに呑みほして、

「なんぼや」

ときいた。

「そら、夕アさんのお心しだいどすがな。あの子、かわいそうに、お母はんが肺がわるうてな

ァ、樽泊の村でぶらぶらしてはりますねや。お父はんもなんか気力のない弱そうなお人どした。それに、まんだ小さい妹はんが三人もおいやすんどっせ。これから、えらい目ェにあわんならん娘はんどす。せやさかい、なるべく、ええお客さんにかわいがられて、楽ゥな気持で、働かせてやりたい思うてますねン」

「そやな。それはわかっとる。そやからなんぼやな」

と甚造はせきたてるように、眼尻の皺をせわしなくたたんだりひらいたりして、計算高い眼つきで、かつ枝をにらんだ。そんな時の甚造の顔には、小さい時に岐阜の田舎を出てきて、西陣で丁稚をすませ、織屋の下請仕事をおぼえて走り廻った苦労時代から、今の身代を築くまでの五十年の、爪に火をともした血と垢のようなものが、ほのみえるのだった。かつ枝はその甚造を瞬間は理解はできても、いいなりに値切られてはたまらないと考える。

「なんぼやて、あんた相場がおますやおへんか。今どき、あんた、ええことしよ思うたら、二万はかかりますがな」

「二万か」

と甚造は、咽喉の奥からさも惜しいような声をだした。

「みんなあの子ォにやるお金どすがな。与謝の田舎から、軀を売る商売と知って覚悟してきた妓ォどっせ。タアさん。何もかも知っといやす年ごろやし、あんた、あんなに発達してはるやおへんかいな。うちら、男はんやったら、お金のこといわしまへん。二つ返事で抱きとおすわ」

「…………」

竹末甚造は眼をしょぼつかせて、ごくりとつばをのんだ。と、廊下の向うから、小用をすませた夕子がゆっくり入ってくる。

「よっしゃ。負けたわ、おかつ」

と甚造は低声でいうと、にんまり歯ぐきの出る味噌っ歯をだして笑い、

「あしたやぜ。おかつ」

といった。かつ枝はぎろっと眼を光らした。夕子の方をみて、

「さ、夕ちゃん、おあがりィな。今に、おいしいおでんがいっぱいそろいまっせ。あんたも、いっぱいどうやな」

盃のふせてあったのをかつ枝が、「いただきおし」ともたせてやると、夕子は先のまるい両手の指で、つまむようにささげもって、甚造のつぐ酒を口にちかづけてゆく。いっきに呑みほしたのである。

縄手から、「ポール」という店にも梯子をして、夕霧楼へ帰ったかつ枝は、夕子が楓の間に

入って帯をとくのを待ってから、いそいで部屋へ入った。竹末に呑まされた三、四杯の酒が、夕子の軀にのこっているうちに、はなさなければならない。急いで、外出着のまま部屋へくると、ぴしゃりと障子を閉めた。

「夕ちゃん、どうや、楽しおしたか」

と愛想をいった。一尺ほどまぢかにかつ枝は坐って、

「あのなァえ、夕ちゃん」

「へえ」

と、夕子はまた、かつ枝を仰ぐように澄んだ眼でみたが、その瞼が心もちあからんでいるのにかつ枝は強気をおぼえて、

「あんた、あしたからな、雛ちゃんや、久子はんらのように、お客さんとおあそびしやはるか」

ときいた。

「………」

夕子のこめかみが、かすかにうごいた。

「今晩のタアさんはな、西陣でも、今出川の浄福寺に大けなお店もっといやす大旦那はんやな。奥さんが死なはって五年もたつんやけど、後添いのおなごはんももらわんと、今までひとりで

まじめに暮しといやしたお方や。あたしら子供ンときから気心もよう知ってるお方でな。ま、いうたら、西陣の商売仲間では、ボスやな。仕事師ィやな。そのタアさんがな、どないしても、あんたが好きやおいいやすのや」

かつ枝はここでつばを呑んだ。

「…………」

夕子は急に、耳の下から頬にかけての筋肉を、ぴりッとうごかした。

「お客さんとおあそびすること知ってるか、あんた?」

かつ枝はさしのぞくようにきいた。

「知ってはるか、あんた」

「…………」

夕子はうつむいていたが、次第に血ののぼった顔を耳の根もとまで真赭《まつか》にすると、

「お母《か》はん、知ってます」

と消え入りそうな低声でこたえるのだった。

「そうか。ほんなら、タアさんがおいやか」

「…………」

「タアさんはあんたが好きやおいいやすし……おんなじ最初のお客さんとおあそびするんやっ

たら、今までに一どでも知ってたおひとの方がよろしやおへんか」

「………」

夕子はかすかに頭を下げて、首肯した様子を示した。かつ枝はほっとしたように、吐息をついた。

「ありがと。あしたな、ここへお床敷いたげるさかいにな。タアさんがきやはったら、お相手したげてくれるな、夕ちゃん？」

夕子はこっくりうなずいた。もともと無口な子なんやとかつ枝はひとり合点して、逆に自分の方に血がのぼるのである。かつ枝は、かすかな不安とよろこびの入りまじった昂奮をおぼえた。

「ありがと」

とまた礼をいった。夕子の部屋を出てくると、台所にきて、かつ枝は先代から炊事婦をしているおみね婆《ばばあ》に、はずんだ声でいった。

「おみねはん、あしたは、餅米といで、お赤飯むしといてンか。夕子はんの水揚げや」

一方の眼のくぼんだ片眼の七十の炊事婆は、暗がりのへっついのわきで、ぎろっとその片眼を光らせ、何やらくちゃくちゃと嚙んでいたものを、ぬれたタタキにはきだすと、かつ枝にこっくりうなずいてみせた。

昔日の遊廓だったら、新入りの妓の水揚げは、いろいろと古風な儀式ばったやり方で、行われたものらしい。しかし、この物語のはじまる昭和二十六年は、すでに戦後であった。廓も大きく変動していた。

水揚げの儀式ばった行事が尊重されたのは昔のことで、おかみが走りつかいの小女のころから行儀を教え、監督もして育てあげた妓を、はじめて女にさせる日であってみれば、うなずけもするけれど、当時の妓は、そのような処女《きむすめ》はいない。処女だといっても、本当にする客はいなかったし、また、それを売りものにする妓もいなかった。

長いあいだの食糧難に加うるに、戦災をうけた傷痕から這いあがろうとする立場は、国内で終戦をむかえた者ならば、すべて同じ境遇だといえたかもしれない。夕霧楼を再開したころは、まだ政府は、占領軍から放出されるカナダ小麦に、主食の大半をたのみにしていて、秋に穫れた新米は、農家からきびしい供出をさせてはいるものの、一般に配給した量は、わずか三日分か、四日分にすぎなかった。誰もが遅配の声におびえ、日増しにあがってゆく物価の声をきいて、溜息をつく、竹の子生活であった。当時、もっとも景気のよかったのは、政治家と闇屋だといわれた。事実、どのような人間も、多かれ少なかれ闇をしなければ、生活に相応した収入は得られず、がんじがらめにしばられた統制の中で、苦しんだのは正直者だけであった。配給のみに依存して、餓死した判事もいたほどであるから、力も身寄りもない女たちが、闇米代をうる手段として堕ちていったのも、いちがいに、本人の罪というわけにはゆかない。巷はパンパンでみちあふれていた。

正常な家庭や、夫婦生活にも、一日の米や衣類を得るための、醜い人間欲がむき出しにされていた時代から、まだそんなに年数はたっていない。昭和二十六年は朝鮮戦争が起きた翌年である。窮迫していた国内生活が、軍需景気でようやく活気を呈しはじめて、歴史的な日米講和条約も九月に締結された。経済は自由になった。しかし、誰もが景気がよくなったというわけではなかった。一部のものだけがよかったのである。このような時に、廓の水揚げに大金を誰が出すだろう。価値のあるものは、米以外にはないのだった。

夕霧楼のかつ枝が、夕子の水揚げを竹末甚造にすすめたことは、異例といわねばならなかった。かつ枝は上七軒に育った古風な女であったし、甚造もまた、糸へン景気で闇金をにぎった特権階級といえた。幸福なことといわねばならぬ。片桐夕子は、意外な値段である二万円で、当時では、若いサラリーマンの五月分の給料に相当する金額で、軀を甚造に売ることになった。

「夕ちゃん」

とかつ枝は寝しなに、もう一ど夕子の部屋にきていった。

「お金は二万円もらうことに、タアさんにお願いしといたからね。あんた、そのお金がはいったら、与謝のお父はんに、あんたの好きなだけのお金を送らはったらええのえ。わかったたか。

お母はんの病院代も要るやろしな。好きなように親孝行しやはったらええのえ、夕ちゃん。あんたの大切なものをさしあげて稼がはったお金やもん。誰にえんりょすることあらへん。あたしは、その中から、あんたのひと月分のごはん代と、お部屋代をいただくだけでそれでええのんやから。のこりはみんな、あんたのもんや。いいわね。夕アさんは、あんたには仏さんのようなお客さんやでェ。よろしおすか。夕アさんが、どんないやらしいことしやはったかて、あんた、目ェつぶってがまんせんならんえ。あんたも、ここへきて、二階の音をきいて知っとるやろけど、雛菊はんも、松代はんも、敬子はんも、みんな、ここへ来やはった時は、あんたとおんなじことやった。いまはもう馴れてしもうて、酔うたお客さんにも、いけ好かんお客さんにも、ああしておあそびしてはる、割り切った気持にならはったけど、昔はみんなあんたみたいやった。何も、今から、あたしは、夕ちゃんにあないになってほしいというのんとちがいまっせ。当分は、あんた、夕アさんだけのお相手しとればそれでええのんやさかい。よろしおすか」

夕子はこっくりうなずいて、かつ枝の顔をみたが、すぐ眼を伏せて、いつまでも畳を見つめたままで、かつ枝の顔は見なかった。

翌九月二十八日に夕子の水揚げはすんだ。夜に入って間のない七時ごろ、竹末甚造は、やはりつむぎの単衣を着て、夕霧楼の表の部屋を走りぬけて入ってきたが、勝手知った帳場へくると、かつ枝に折りたたんだ二万円の小切手をわたした。

「バンクになっとるでな。お前ンとこの銀行へ入れたらええのんや。どうやな。夕子には、ちゃんと因果をふくめてくれたやろな」

と竹末甚造は立ったまま不安げにきいた。

「前金をわたすようなもンや。あんじょう済まんようなことやったら、割り戻ししてもらうさかいな」

冗談とも本音ともとれるいい方だった。

甚造はいいおいてにやりと笑うと、一、二ど買って上ったことのある雛菊が、妓《おんな》のたまり場からこの時廊下をつたってうしろに立ったのをみた。額のせまい、しゃくれた子供子供した雛菊の顔を甚造はみると、

「どうや、景気はええか」

ときいた。

「タアさん、今日はほくほく顔や」

と雛菊は、竹末の横ぶとりのお尻のあたりをぽんとたたいた。

「あの妓、よろしおまっせ。タアさん、お済みやしたら、たんとお祝儀してもらわんと、あと

が恐《こお》おっせ。よろしおすか」

と雛菊はいった。

「わかっとる、わかっとる。祝儀はちゃんと、おかみにわたしたる。しゃない奴ちゃな」

けけけけけと大きな笑いを廊下にひびかせて、かつ枝のうしろから、神妙な顔つきで、万両の実がうす明りに光っている庭を、廊下づたいに廻った。楓の部屋の障子の前にきた。

「夕ちゃん、夕アさんどっせ」

と、かつ枝は障子をあけた。紅柄の蒲団に額ぶちの白布をかけ、部屋のまん中に敷いただけのがらんとした部屋であった。夕子は化粧もしない白い肌を、心もち蒼黒くかえていて、これも、おかつが昔、上七軒で一ど袖を通したことのある緋縮緬《ひぢりめん》の寝巻きに、腰高に桃色しごきをまいて坐っていた。

「夕ちゃん、夕アさんどっせ」

と、かつ枝は低い声でいった。夕子はだまってこっくりうなずいた。

「ほんなら、夕アさん」

かつ枝は、入口で棒立ちになってぜいぜい咽喉の音をたてている甚造の軀を中へ押しやった。そうして、ぴしゃりと障子を閉めた。

竹末甚造は一時間ほどして夕子の部屋を出てきた。灯の消えたのは、七時半ごろであったが、三十分ほどで、その灯はまたともり、何か、ぼそぼそと甚造だけのはなす声がしたと思うと、まなしに障子をあけて彼は大股で歩いて、帳場のかつ枝のわきへやってきた。

「おかつ」

甚造は耳打ちするようにいった。

「あれは処女やなかったでェ」

かつ枝は、つり上った眼をあげて甚造をにらんだ。

「ええかげんのことといわんときやす」

甚造は瞬間、真顔をむけた。かつ枝の視線と自分の眼をからみあわせたが、すぐ、眼もとをやわらげていった。

「何も、銭を返せいうんやないんや。二万円は安い軀やった。おかつ、あれは、めずらしい軀や」

甚造は嗄《しやが》れた声でいった。

「右肩のな、ちょっと下から脇の毛ェのとこへかけて、百粒ぐらいもあるやろか。えらいゴマがふいとる」

「ゴマ?」

かつ枝が驚いたように眼を瞠《みは》った。

「そうや、ぎょうさんのアバタや。それがな、甘柿のゴマみたいに、昂奮すると真赭に色づきよる。はたが雪のように白いやろ。何ともいえんわな。おかつ。それにな……」

甚造はさらに低声になって、眼を炯《ひか》らせていった。

「めずらしい軀やった。小乳《こぢち》がありよるんや」

「小乳てなんどすねや」

「お前、知らんのか」

と、竹末甚造はあきれたような顔をつくっていった。

「乳房《おつぱい》の上にな、わきへかけて、もう一つふくらんだ、お乳みたいなかたまりがあるんやな、そこにな、小麦色の仁丹粒ぐらいの乳首がついとるんや」

甚造の皺のよった眼が、とび出るほど輝いているのをかつ枝はみた。

「へーえ、そんな妓《こ》ォどしたか」

「せやけど処女やなかったぞ。処女やなかってもええ。おかつ、わしは、あの妓、放さんぞ。おかつ」

竹末甚造はそういうと、ばたばたと小用に廊下の端まで走ってゆくと、帰りがけにまた帳場をのぞいた。

「おかつ、一本つけてくれ、それから、なんぞ、天六から酒のつまみでも運ばせせえ」

上機嫌であった。かつ枝は楓の間を庭ごしに見ながら、ほっと吐息をついた。

〈夕ちゃん、よかったなァ。タアさんに好かれて、あんたもよかったなァ……〉

かつ枝は、耳の奥で、ポンポンポンポンと遠くにひびかせて消えてゆく、発動機船の音をきいた。白い帽子をかぶった船員のいる舟であった。与謝の海から見あげた、せまい白砂のもりあがった樽泊の舟着場で、小柄な父親の三左衛門と妹の二人が、いつまでも手を振っていた姿だった。

〈夕ちゃん、よかったなァ……タアさんに好かれて……あんたも、幸ちゃんのように、いっぺんで玉の輿にのってしまうわ……〉

かつ枝が喜んだわけは、哀れな与謝の木樵の娘に、一夜で二万円の金が入りこんだという嬉しさもあっただろう。けれど、何よりも、女好きの竹末甚造が、夕子の軀に有頂天になったことである。この分ならば、幸子の二代目として、夕子は甚造の思い女《め》になれるかもしれない。

そう思った時、今し方、帳場にきて、下ぶくれの顔をいくらか憔悴させ、夕子の軀を裸にした時の模様を甚造が漏らした言葉が、かつ枝を驚かせた。

右肩から脇の下へかけて、ソバカスのような斑点がある。その脇から乳房にうつる上方に、小乳と名づける、ゆたかなふくらみがあるのだと甚造はいった。かつ枝は、小乳などということばをきいたのは、はじめてである。また、そんな乳房をもった女の軀も見たことがない。

〈まさか片輪やあらへんやろか……〉

与謝の樽泊の、うすぐらい酒前の家の裸電球の下で、妙に落ちついた気配をみせ、それでいて、おびえたような眼つきもしながら坐っていた夕子の顔と、翌日、柿の木の下へ妹をつれてやってきた時の、見ちがえるように発育した腰の線をみた時の驚きも、思いおこされた。

そういえば、夕霧楼に入ってからも、遠慮がちに娼妓たちの立居振舞を、淋しそうに眺めているような時があるかと思えば、時には、はきはきと物をいい、言いたいことをずばりいってしまうようなところもある。他の娼妓に見られない夕子の性格を見る思いがするようだった。そんな特殊な軀をもっているから、夕子には不思議な魅力がただようのだろうか。

かつ枝は縁に出て、今し方、急ぎ足で甚造が入りこんでいった向い廊下の楓の間をみた。灯は消えて声はしなかった。

四

竹末甚造から、夕子を呉れといわれた時、夕霧楼主のかつ枝は、予感があたったような気もした。甚造は、水揚げの日から、入りびたりで夕霧楼へ顔をみせていたが、八日目の、即ち十月六日の夜八時ごろ、雪駄の音をたてて表から上ってきて、帳場へにゅっと入ってくるなり、

「おかつ、ちょっとあんたの部屋を貸してんか」

といつものように眼尻を下げて心やすく、肩をたたいた。かつ枝が立ち上ると、甚造は先に廊下を歩いてゆく。勝手知った甚造であった。うしろから部屋に入ると、甚造はいつになく冗談気のぬけた、生真面目な顔でいった。

「おかつ。わいはあの妓《こ》ォに惚れてしもたわ。どや、わいにあの娘《こ》ォを呉れんか」

はじめはもっともらしい冗談だ、ときいたが、甚造の眼が異様に光っているので、どきりとした。瞬間、かつ枝は、六十をこしても人のいいところがある上に、甚造もまた男はんやという思いが走った。と同時にそこまでこの道楽男を惚れさせた夕子に、ふと嫉妬のようなものも感じた。

しかし、かつ枝は夕子のためには、この機会を利用して、なるだけ多くの金にしてやらねばならないのだと判断したのである。

「そんなこと、藪から棒にいわはったかて、本人がどないいうかわからしまへんよってにな。そら、いまの廓は昔とちごうて、娼妓さんが出てゆくいわはったら、わたしら何もいえしまへん。昔のように借金でくくりつけてるのとちがいますよってンな。せやけど、タアさん。あの妓ォはすこし、事情がちがいますねん。あの妓ォは、お父さんの三左衛門さんから、わたしがおあずかりしてきた娘ォどすさかいな」

かつ枝の物言いが、急に理づめになってきて、言葉の裏に強いひびきが出ているのに、甚造はちょっと顎をひいて鼻白んだ。

「なにか、えらいあの妓ォの母親がわりみたいなことというやないか」

「そらそうどすがな、夕アさん」

かつ枝は負けてはなるまいと思った。この男には上七軒に、れっきとした菊市という小柄で胴のくびれた鼻声を出す妓がいる。甚造がいくら夕子が気にいったとしても、菊市のような海千山千の女とわたりあえば、夕子は負けるにきまっていた。上七軒と五番町は、芸妓町と娼妓町のちがいこそあれ、西陣の遊興地としては地つづきになっているくらいの縁がある。夕子がかりに勝ったとしても、あとの騒ぎが大変なことぐらいはわかっていた。新しもの好きの甚造が、いまは有頂天でも、半年もたてば、イヤになりそうな気もした。

「あんたはん、いくつにならはっても、かわらはらしまへんのやな。そんだけ、あの妓が気にいりましたンかいな」

と、あきれたようにかつ枝は、甚造の下った眼尻をみた。

「はなしをゴマかさんとおいてんか。どないしても、わしは、あの妓がほしいねんやな、おかっ」

甚造はまた真顔になって、あつい唇をつき出すようにして低声になった。

「とにかくな、ええ軀しとるンや。わしも、永年女道楽してきたけんども、あんな軀にめぐりおうたことはないわ、おかつ」

つばを呑《の》みこむようにごくりと咽喉を音だてて甚造はいった。

「何べんもいうようやけど、右肩のソバカスも魅力やしな……それに、小乳といい……それに……おかつ……」

六十三とも思えない脂ぎった頬をびくびく動かしながら、甚造はまたここで、夕子の軀をはじめて知った時の昂奮を披露した。

夕子は、甚造とかつ枝が予期したように、はじめての行為に処女が示す嫌悪は出さなかったということである。恥ずかしさと、好奇心との入りまじった表情はしていたが、かつ枝の着せてやった、緋縮緬の寝巻きの裾に手をあててじっとして甚造の手の届くのを待っていた。

甚造がうしろから、羽交《はがい》締めにすると、待っていたように甚造の胸へ軀をもたらせ、眼をつむった。そうして、甚造が、帯を解いてもだまっていた。顔に覚悟したものは見てとれたが、といって、耐えている感じはなかった。

ふとんの上へ、甚造が横たえて裸にしてみると、夕子の軀は、上半身がやせてすんなりしているわりに、脚部と腰と、太腿のつけ根あたりが、つまり、甚造には要所要所と思われる箇所が、むっちりと肉づきがいい。かくれている所は、白く雪のようにキメ細かく、手足の末端だけが、土気いろに変色しているのがわかった。田舎娘らしい健康なかんじだった。

しかし、何よりも、甚造の眼をうばったのは、右肩の先の、丸みをもった膚《はだ》全体にちらばっている、無数といってもいいほどの、茶色がかった胡麻つぶ様の斑点だった。最初、甚造はあざがあるのかとどきりとしたほどだ。しかしそれはあざではなく、やがて、夕子が上気してくるにつれて、上半身の皮膚全体に血がのぼりはじめた時に、無数のソバカスは、あんず色に濃度をましてうごきはじめたのである。

甚造は不思議な魅力にわれを忘れた。さらに、また、椀を伏せたような形のいい乳房の隆起の上部に、こんもりともう一つの隆起があり、仁丹つぶのような乳首が、ぽつりとついている。それがひどく興味をそそった。

「不思議な軀やな。それに、あの妓は処女やなかった。あの妓は、あの軀を誰かに呉れてやったことがあったにちがいないな、おかつ」

甚造はつばを呑んでいった。

「そやないかぎり、あんなに大胆な態度が取れるもンやないぜ。与謝の三左衛門とかいうたな。うちに置いて生娘のように育てたなんていうけど……値打ちつけるために、嘘をいいよったンやないやろな。おかつ、あの子ォは味をおぼえとったぞ……」

甚造は眼をぎょろりと光らせた。かつ枝はまたしてもムッとなった。

「そんな阿呆なこと。タアさん。わたしの眼ェはフシ穴やおへんえ、三左衛門さんという人も、嘘をいやはるお人やおへん。純朴なかんじのする木樵さんどした」

「純朴な木樵さんやてか、……あほらし。お前、貧乏してる親爺が、娘を女郎屋へ出して、それで何が純朴やな。考えちがいも甚だしいで」

と甚造は、かつ枝の言葉尻をとっていった。

「貧しければ貧しいほど、娘ちゅうもンはかわいいもんや。それを女郎屋へつとめに出そうと思うたのは、よっぽど、その娘が手におえん子ォやった証拠やないか、おかつ、どうや」

猜疑走った眼を走らせて、甚造はかつ枝をにらんだ。かつ枝は、いっそうむうっとするものをおぼえて、

「そんなことおへん。あの娘《こ》にかぎってそんなことおへん」

と思わず大声を出した。

「処女か処女でないかぐらいは、永年、廓をやってきたあたしにはわかりますわ。タアさん。あんた……あの子が欲しいよってに、いいかげんなことをいうてケチつけはるんどすやろ」

「けったいないいがかりはよせや」

と甚造は怒ったようにいった。

「わいはあの子が処女やなかってもええいうとるのんや。何も、そんな昔の小さなキズを出し

にして、ケチをつけようとはユメ思うとりゃせん。ただ、得がたい珍しい軀やから、わしはお前に、そのことをはなしただけやないか、おかつ」

と甚造は下手に出る言葉つきになった。

「ま、今日いうて、今日、あの妓をわしに呉れるちゅうわけにもゆかんやろ。せやけどな、おかつ、もし、あの子が、わしのところへくるちゅうたら、どないするか」

と甚造は問うた。

「そら、あの子の意志どすさかいな。わたしは何にも異存はあらしまへん。せやけどわたしは、お父さんからあずかってきた妓ォどすさかい、請けてくれはるんやったら、それ相当のことをしてもらわんと、三左衛門さんにわたしの顔がたちませんやろ」

とかつ枝は口もとをわずかに歪めた。

「というと、何か、また銭かいな」

「そらそうどすがな、タアさん」

かつ枝はムキになった。

「あの妓のお母さんは、日蔭のしめったくず屋根の下の、うす暗い部屋で、ごほんごほん咳して寝てはるンどっせ。村の人たちからはごくつぶしやいわれて、かわいそうに、苦労してはるンどっせ。病院へかかる銭も苦しいようなおうちどすのや。その三左衛門さんが、かわいい娘さんと相談して、あたしにあずけてくれはったんどす。それを、京へきてからまだ十日もたたんうちに、お客が呉れいうたから、二号さんにしたなんていわれたら、だいいち、樽泊で死んだ酒前にも、わたしは恨まれますがな。そうやおへんか。タアさん。あの人の眠ってはる近所の娘さんどすえ。噂はいっぺんでひろがりますがな」

「お前の死んだ亭主と、あの夕子と何の関係があるかいや、おかつ」

と、甚造はとつぜんけけけけと例の笑いを一つしていった。

「そら、お前の思いすぎやな。酔いどれや素姓の知れん客をよびとめて、軀を売る娼妓が女の幸せか、一人の男を相手にするだけで、鳴滝《なるたき》か等持院あたりに、こぢんまりした家でももたせてもろて、幸せにくらすのがよいか。おなごの幸福はどっちにあるか、はっきりしとるやないか」

かつ枝は、真剣な眼ざしをなげてそんなことをいう甚造に、これまでにない素朴な感じと、一途な男気をみたような気がして、吐息が出るのであった。

仕方がなかった。かつ枝は押されたかたちになってこういった。

「ほんなら、とにかく、あんたはんも腕ずくであの妓《こ》を落しなされ。無理にあんたのところへ落ちつけるような手助けは、わたしはようしまへんけど、あの妓が行きたいいうなら、わたしはあの妓のためどすさかいな。力になったげます」

「ふん」

と甚造はふくらませていた小鼻をもとにもどして、ようやくわかってくれたという顔つきになった。

「そんなら、おかつ、わしはもういっぺん夕子の部屋へいってくる」

くるりと後ろをむけると歩きだした。かつ枝は六十男の執念のようなものを、そのうしろ姿にみたように思う。このような強さがあったればこそ、織屋の丁稚から今の身代が築けたのだとも思う。かつ枝はまた大きく吐息をついた。


その夜は、今出川の店で、織物自由化で、ぼつぼつ競争もはげしくなったために、春物の展示会をする準備があるとかで、若夫婦が泊ることになっていたから、甚造は外泊は出来ず、十時ごろに夕子の部屋を出ていった。かつ枝ににやりと笑い顔を見せて、

「ほんなら、さっきのことよろしゅたのんまっせ」

といい置いて出てゆく、甚造のうしろ姿を見送ったあとで、かつ枝は気がかりでもあったし、銀行から現金にして届けられた二万円の金も、清算しなければならない。夕子の部屋を覗いてみようと思った。

かつ枝は習慣として、娼妓たちが男を呼び込む表の模様は見るけれど、男を入れた部屋の中

を覗いたことはなかった。男がいなくても、娼妓がひとりで部屋にいる時にも、無断で障子をあけることはなかった。それは、今の娼妓たちは、昔とちがって自由な人間であり、一人一人にあたえてある部屋は、その妓の職場であると同時に、その妓だけが自由をたのしめる部屋としてあるべきだ、という契約によったものである。

夕子の場合も、いったん水揚げをされてしまえば、もうひとり立ちしたのだという思いが走って、久子や松代や、雛菊とかわらない娼妓の仲間になったのだという、割り切った考え方をしたのである。

しかし、かつ枝は障子の外がわから、

「夕ちゃん」

と、まだ与謝の舟の上で呼びかけたひびきの残っている、遠慮げな声をだしていた。

「入ってもええか」

「へえ」

と中から力のない声がした。障子をあけると、これも、かつ枝が貸してやったのであるが、よく似合う銘仙の、紅い菊柄の袷《あわせ》に夕子は着かえていて、つくねんと畳の上に坐っていた。ばさばさの髪が気になるだけで、顔いろはそんなに憔悴したようにも見えない。しかし、いつもよりは心もち蒼《あお》いようだった。つい三十分ほど前まで、好色な六十男に、しつこく抱かれていたという感じはなかった。

〈やっぱり若い娘《こ》ォや……〉

と内心かつ枝は思い、隅の方に折りたたまれた、白布のかぶせてある蒲団のよこに坐ると、

「夕ちゃんなァえ」

と例の耳の上から出てくるような猫撫で声をだした。

「これ、あんたにあげよ思うて、もってきたんや」

帯のあいだにはさんできた千円札を二十枚、銀行が束にしてくれたままのを、畳の上へとり出すと、心もち指さきをふるわせて、

「これや、二万円や。うちはな、何もかもあけすけとガラス張りで、娼妓はんに働いてもらうのがしんじょうやさかいな、すぐに、こんなことして変かもしれんけど、かんにんしてや、夕ちゃん」

とかつ枝はつくろった笑いを一つして、

「二万円あるえ、夕ちゃん。このお金は、あんたがつらい思いして稼いだお金やな。さ、とっとき」

畳の上を、わずかにその札束をずらせたが、夕子はチラと紙幣の束をみただけで、驚いた風にもみえない。かつ枝はまたここで、甚造がいった「処女やなかった」という言葉を思いおこ

した。

「でもな、夕ちゃん、このうち、お帳場がもらわんならん分が四分あるんや。つまり八千円や。あんたに、着物やら、お部屋代をはらう甲斐性が出けるまでのあいだの一年間は、六分四分の割当《かつとう》で、あんたとお帳場が、分けていくことになっとるんやさかい、あたしの方が八千円いただきます。これは、これまでうちへ手ぶらで来やはった娼妓さんの、誰もが踏まはった道順やね。ええか。さ、この中から一万二千円とっとき」

かつ枝は束をふたたび手にすると、指をつっこんでペリッと結えた紙帯を破いて、指を唾でしめらすと、真新しい札をかぞえはじめた。八千円だけとりよけて、かつ枝はいった。

「あとののこりは、みんなあんたのもンや。貯金しやはろと、与謝のお母《か》はんに送ったげようと、あんたの思うようにしたらええ。けど、みんながみな、里へおくるちゅうんも考えもンやなァ、夕ちゃん」

かつ枝はさしのぞくようにまた夕子の顔をみた。蒼ざめた顔を夕子はようやくもちあげて、

「へえ」

といった。そのひびきには、すでに水揚げの金が入ったら、それはどのように処分しようかという腹案が、出来ているかのような返事に聞きとれて、かつ枝はまたここで、かすかに裏切られた気がした。

「まさか、あんた、与謝のお父はんのとこへ、みんな送るンやないやろな」

とかつ枝はいった。

「へえ」

と、夕子は首を横に振って、力のない声をだした。

「貯金もしますし、お母はんの病院代にも送ろ思います。お母はん、おーきに、こんだけ仰山のお金を。おーきに、ほんならいただきます」

ペコリと頭を下げた。

今、眼の前で、泣き出しそうな顔で札束を拝んだ、ばさばさ髪の年若い娘をみると、かつ枝は哀れをおぼえた。甚造を世話してよかったのか、悪かったのかわからないような、自己嫌悪に襲われた。珍しいことであった。かつ枝はたえて味わったことのなかった、そんな、もやもやした気持をふっきるようにしていった。

「よかったなァ、夕ちゃん、竹末はんはあんたがとっても気にいって、あんたやないと、もう夜もあけんいうてはるえ。七日間も、いつづけ同然にあそんでくれはった。よかったなァ。夕ちゃん。これからも、竹末はんを大切にしてな、いろいろと相談してゆかんならん。どう？そないあんたも思わんか」

「へえ」

と夕子はいっただけで、どちらとも返事をしなかった。

「あの人はええ人や、お金もちや。長つづきのするええ旦那さんやさかい。夕ちゃんは当分のうちは、雛ちゃんらァのように、ほかのお客さんをとらんでもええな。好きなようにしたらええけど、あたしは当分は竹末はんに操をつくした方がええと思うねんや、あんたどう思わはるか。夕ちゃん、竹末はん、そんなことあんたには、何にもいわはらへなんだンか」

「へえ」

と夕子は顔をさらにうつむけた。

「どうえ、夕ちゃん」

かつ枝はのぞくようにして、しつこく訊ねると、

「なんにもいわはらしまへんどした、そんなこと」

と夕子はこたえた。そうして、つぎにこんなことをいった。

「お母はん、おーきに。お母はんのおかげでこんな仰山のお金をいただけました。おーきに、ありがとうございました。あたしは、すぐ、与謝のお母はんに、これを送ったげよ思いますねン」

かつ枝は、夕子がだまってうつむいていたのは、嬉しかったのかとわかって、眼頭をうるませた。

「そうおし。そうおし。それからな、貯金は郵便局が近うてええわな。千本の丸太町あがったとこに局があるさかい、あしたにでも、あたらしい通帳つくってもらうんやな……」

涙声になっていうと、かつ枝は素直ないい妓を雇ったことへの満足感が、あらためて軀をかけめぐるのだった。かつ枝は、八千円の金をうけとり、夕子の部屋を出てくると、帳場にもどって、伊作が生前背中にしていた、観音びらきの金庫をあけてしまいこんだ。

その翌朝、まだ妓が起きない時刻に、かつ枝は急に思いついたように、茶羽織をひっかけて表へ出ていった。かつ枝は、同じような妓楼の建物が両側にならんでいる、人影まばらな通りを左に折れて、電車通りへ出た。千本通りだった。四本の電車のレールが朝靄にけむった丸太町の方へ細くのびている。静かな道を早足で歩くと、本屋や、床屋や、喫茶店などがならんでいる向い側の軒下へよって、間口のせまいハンコ屋を思いだしてさがしはじめた。やがてその店がみつかると、そこで「片桐」とした三文判を買った。そうしてかつ枝は、そのハンコ屋から四軒ほど南へ下った地点で、黒い制服を着た郵便局の若い男が表に打水をすまして、今しがたドアをあけたばかりの、スタンプインクの匂いのする、局の中へ入っていったのだった。

「すんまへんけど、新しい郵便貯金の通帳をつくっとくれやすか」

とかつ枝はいった。眼玉のとび出た二十七、八の局員は、中に入って黒ビロードの腕カバーをはめると、金網の向うのよごれた机に椅子をよせて、朝早い一番のお客が、千円札を一枚とり出して、新通帳をつくるのに驚いたような眼をなげた。

かつ枝は、局員からさし出された紙切れに、右上りの下手くそな楷書で、京都市上京区中立売通り千本西入ル五番町一二三番地夕霧楼、片桐夕子と時間をかけて書き、新しい楕円形のハンコに、はあーっと息をふきかけてさしだした。

「千円だけあずけさしてもらいます。これからも、よろしゅ、お願い申します」

朝陽のさす金網窓の中で、局員は眼を白黒させた。ひき手婆《ばばあ》にしては上品にみえるし、娼妓にしては老けてみえる、ふくよかな顔をしたかつ枝の人柄をみて、判断に迷ったらしかった。

片桐夕子が、竹末甚造のお気に入りになったことは、夕霧楼の娼妓たちにすぐ知れたが、もともと、甚造は辞めていった幸子の客であったのだから、新入りの夕子に甚造をとられても、不快に思うものはなかった。

水揚げの翌日には、かつ枝が甚造の名で、楼にいる妓たちはもちろん、近くの大将軍から通ってきている、ひき手婆のお新という瘦せたドラ声の女にも、飯炊きのおみねにも、くまなく、ポチ袋に入れた祝儀を配った。無口で、どことなくおとなしそうにみえる夕子の姿は、猫をかぶって家出娘のような顔をして入楼してきて、すぐ化けの皮がはげ、パンパン上りの莫連娘《ばくれん》だとわかる手合いとちがっていることがはっきりわかったので、同僚にも好感をもたれたのであった。

かつ枝は帳場に坐っていて、客の花時間を報告にくる、妓たちのひとりひとりにいった。

「あの娘はな、ほんまの素人はんやさかい、何かにとかなしい思いもするかも知れへん。せやさかいに、あんたらも時々、楓の間へあそびにいってやってね。水揚げがすんださかい、ほんならすぐに、好きなお客さん取ってええいうてもな……あの妓から気ィのうごくまで、放っといてやってほしいねんやな」

妓たちの誰もが、かつ枝が夕子を可愛がる理由はわかっていた。みんなは、うなずいた。かつ枝はお新にもいった。

「お婆《ば》ちゃん、誰か学生はんのような、若いお客さんでもあがってきやはった時にな、いっぺん夕子はんに顔みせてみいな。もし気にいったらどうするかきいてみて。酒呑みはんやったらあかんえ……」

としつこくいった。お新も妓たちからきいてもいる。一ヵ月はたたないと、ひやかし客の袖をひっぱる度胸の出てこない、若い娘の入楼当初の気心も、よく承知しているから、時々、廊下であうたびに、眼のふちの黒ずんだ細面の顔をにっこりさせて、お新は会釈するだけにしていた。

夕子は、そのような夕霧楼の人びとのあいだで、温かい眼をもって優遇されて、月日をすごしていった。あがってくる客はきまって、「竹の大旦那の甚造だけである。

妓たちは、甚造の性格はよく知っていた。六十すぎた顔に下り眉と細い眼尻の下ったあたりに愛嬌がある。そんな甚造と誰もが懇《ねんご》ろになっていた。甚造の顔を見ると、妓たちは、夕ちゃん、お客さんや、と楓の間へ知らせにゆくのである。

その甚造が、春物の展示会で忙しくなり、夕霧へもしばらく顔を見せなくなった、十一月初めのことである。朝方、おそい食事をすませたあとで、いったん楓の間にひき下った夕子が、まなしに廊下を歩いてきて帳場に顔を出した。

「お母《か》はん」

と低い控え目な呼び方で、かつ枝をよんだのだった。かつ枝は検番におさめねばならない、妓たちの健康保険の立替金を算用していた。こまかい数字の書いてある表にフチなし眼鏡をひっつけていた顔をあげると、めずらしく夕子は、紅い菊柄の銘仙を着ている。メリンスの三尺を少し高めにしめて立っていた。

「お母はん、ちょっと、外へ出してもらえまへんやろか」

と夕子はいった。かつ枝は瞬間、めずらしいこともあるものだと思ったが、夕霧楼へきてから、夕子は、西陣キネマへ自分と出かけた日以外には、外へ一歩も出ていないことを知って、

「どこへゆかはんのかしらんけど、かめへんえ。気いつけておゆきや」

とかつ枝は帳面に眼をおとしていった。すると、

「へえ、ちょっと、千本やら北野の天神さんやら歩いてきたいゝどす」

と夕子はいった。

もとより、昔とちがって、妓の外出は自由である。その日も久子と敬子は、朝早くから、上長者町千本にある昭和館の三本立てを観にゆく相談をしていた。夕子も、一日部屋にいるのに鬱屈したのにちがいない。

「天神さんから、平野神社へぬけてな、衣笠山の方へいってきなさいな。えらい人出やろ。嵐電もあんた紅葉見物の人で満員やいうてはったが……平野さんのうしろから衣笠山と北山の方をみると、そらきれいに楓がいろづいてまっせ」

とかつ枝がいうと、夕子はにんまり頬笑んで、

「へえ、そんならそこらへん観てきますわ」

といった。押入れに入れてあったらしい、与謝から履いてきた紅鼻緒の下駄をタタキに下ろすと、持ち物は何ももたずに、手ぶらで夕子は表へ出てゆくのであった。かつ枝は、夕子がそのようにして、次第に京の生活に馴れてゆくのを知った。素直な娼妓に成長してゆく姿を、見る思いがした。

だが夕子は、その日、帰りがえらくおそかった。夕方暗くなりかけた時分に、下駄の音をさ

せて帰ってきたが、みんなが心配しているのに平気な顔で、

「お母《か》はん、ただ今」

といって楓の間へ入った。その顔が、どこか、生気がないようにも思えたので、溜り場にいた久子がいち早くこれを察知して帳場にくると、

「お母はん、あの妓えろう散歩が長うおしたなァ、どこへいってたンどっしゃろ」

ときいた。

「どこて、天神さんから、平野神社へ詣って、衣笠山の方にいっといでいうたんやが。帰りに活動でもみてきたんとちがうか」

かつ枝は何げなくいった。しかし、ふと、夕子がここへ来た夜、柳手提げの上で、被いかくすようにして書いていた、ハガキの表書きの宛名を思いだしていた。

〈鳳閣寺へいったンとちがうやろか……〉

瞬間かつ枝の頭をよぎった突飛な夢想は、すぐに消えている。ちかごろの娘のことだ。ひとりで、夕方まであそんできたって不思議がることはない。

「活動ィいって、お寿司でもたべて、そこらじゅう珍しいさかいにな、歩きまわってはったんやがな」

夕子が、他の客を取りはじめたのはその翌日からのことであった。

かつ枝の指示どおりに、竹末甚造だけを客として、一カ月余りを過してきた夕子は、とつぜん自分から、客を取りたいとひき手のお新にいいにきた。お新は夕子の顔をみて、びっくりして、

「おかあさんに相談おしやしたか」

ときいた。

「へえ、うちの好きなようにしたらええいうてはります」

「竹甚はんの旦那はんが怒らはりまっせ」

とお新がいうと、夕子は年増女のようにつり上った眼に微笑をうかべて、

「怒らはったかて、かめへん。あの人だけが男はんやあらしまへんどっせ」

といった。お新は眼を丸くして、自分一人の了簡では処理しかねると思った。で、外出先から帰ってきたかつ枝にそのことを告げると、

「へーえ」

とかつ枝も驚いた。かつ枝は外出着のまま、楓の部屋を覗いた。夕子は化粧をしていた。うしろからかつ枝は猫撫で声でいった。

「あんた、一げんのお客さんをとるン」

「へえ」

夕子は澄んだ眼尻をあげて、かつ枝をみた。

「タアさんに怒られしまへんか、夕ちゃん」

「タアさんにもお客さん取るこというてありますねン。うちは、タアさんはそんなに好きなことおへんのどっせ。お母《か》はん」

その返答ははっきりしていた。かつ枝はしばらく障子に手をつかえて佇んでいたが、無器用な手つきで、姫鏡台にむかい、いっしんにパフをたたいている夕子の横顔は、甚造よりもしっかりしているように思えて、また、かつ枝は裏切られたような気がするのだった。しかし、妓が客を取ってわるいということはなかった。

そこまで決心をした夕子の心中を思うと、かつ枝は、与謝の海辺の日蔭の村で寝ている、母親のことを思いださずにはおれない。

「せやなァ。いつまでも、ぶらぶらしとられへんなァ。稼げる時は稼いでおかんと、お父はんにお金おくらんならんさかいな、夕ちゃん」

そういうと、夕子は鏡に向ってこっくりうなずいている。万両の実のちらばった低い縁側の内庭にも、枝ぶりのいい一本の楓があって、黄金色に色づいている。それは伊作が、生前に丹精してつくった庭ともいえた。高台寺の家の庭から、伊作が手ずからうつし植えた杉苔の上へ、今もパラパラと、手型の紅い葉が落ちるのがみえる。秋がふかくなり、冬がはじまる時候になれば、廓は活気を呈するのであった。

かつ枝は、夕子が客を取るのに反対する理由は何もない。かえって、熱のさめていない甚造の気をやきもきさせて、身請けの金をつりあげる理由ができたと、腹の中で思ったのである。

五

その男がはじめて夕霧楼に顔をみせたのは、十一月も半ばになったうすら寒い夜八時ごろだった。はじめに、ひき手婆《ばばあ》のお新が、この客をよびこんだのだった。

お新は、竹の甚造のくるのは九時すぎになる習慣を知っていたので、夕子の流し客を取る場合はなるべく、その時刻までにしておきたいと考えていた。だから、若い学生風の男でも、夕子に性が合いそうだとみえても、泊りだといわれればことわる腹で客をよんだ。

しかし、その客は入ってくるなり、どもりながら時間であそばせてくれ、といった。古びた鼠《ねずみ》羅紗《ラシャ》のオーバーを着ていた。が、マフラーの下に何をきているのかさっぱりわからない。学生のようにもみえたが、西陣あたりの丁稚のようにも思われる。年は二十か二十一ぐらいだろう。ひょろりとした背丈だった。けれども、イガ栗頭の後頭部が大きくとび出て、黒ずんだ蒼い顔は、どことなく坊主くさかった。しかし、眼がきれいであった。

「ええ妓《こ》がいまっせ。ちょっと入ってみとくれやすな」

お新は奥へもきこえるように、その男をつれこんだのだったが、タタキへオーバーの袖をひっぱるようにして押しこむと、一だん高くなった敷居の向うに、ずらりと、化粧をすませてならんでいる九人の妓を一瞥《いちべつ》させた。時間が早いので、九人の妓たちはまだ生々とした顔をしている。右端の壁ぎわで、その日は千本の洋装店「ひまわり」で仕立てた、グリーンのビロードのワンピースに、とも布のベルトをしめて坐っている夕子の方を、チラと見て、学生風の男は顎をしゃくった。

「あ、あ、あの妓や」

と男ははにかみとも大人っぽい口調ともつかぬかすれた声でどもりながらいった。もとより、ひき手婆は、名指しされた妓の顔いろを分秒の間によみとり、諾か否かを見きわめて、花代の交渉をするわけであるが、お新が、あの妓は新入りで水揚げがすんだばかりだから、時間の花でも、三百円はもらわねばならないというと、

「ええわ。さ、さ、三百円ならある」

と男はぶっきら棒にいった。すると、いつのまにか夕子が立ち上っていて、つっかけを履いてタタキへ出てきた。男に眼で会釈した。

「さ、お入りやす」

男がもじもじしている手を夕子はとって、

「こっちどっせ、暗いから気ィつけとくれやっしゃ。えろ遠おすけど、かんにんえ」

雛菊たちが、二階の自分の部屋へ客をつれこむ時の口上を、そのまま、おぼえたらしく、夕子はそういって急にはしゃいで男の手をひいてゆく。この姿を、帳場からかつ枝も、三寸ばかりあけた障子の隙間から覗き見していた。その時の夕子の挙動には、馴染み客のかんじは微塵もなかった。若い男も、その夜がはじめての客のような挙動だった。

客を自分の楓の間に入れてから、妓は掟《きめ》として帳場にいったんやってくる。時間花か泊りかをかつ枝に報告して、帳面に記入してもらわねばならない。夕子はその時も、スリッパの音を陽気にさせて帳場をのぞいた。

「お母《か》はん。お時間花どす」

陽気にいった。かつ枝は、うなずいて帳面の夕子の欄に丸印をつけ、

「学生はんかいな。夕ちゃん。えろう若そうにみえたけど」

ときいた。

「さあ、まだ、何にもはなししてェしまへんねン。むうーっとしてて、変にとっつきにくいお兄さんどす」

と、夕子は眉をしかめていった。が、やがてくるりと背をむけると、廻り廊下を小走りで去

っていくのだった。

その学生風の男は、部屋へ入るとすぐに灯を消した。時間いっぱいあそんだようであったが、お新が帳場の柱時計をにらんでいて、九時五分前がくると、

「夕子はん」

と花の切れた合図にいった。その時は、まだ暗がりで、ひそひそと男の話し声がきこえ、夕子はだまって聞いているらしかった。しかし、お新の声でまなしに灯りがついた。男はすぐ出てきた。洋服をいつのまに着ていたのか、帰りは早足だった。廊下を走るようにして玄関までくると、夕子のさし出す黒塗りのよごれた短靴に急いで足をつっこみ、肩をぷいとひと振り振っただけで外へ出ていった。

「えろ、せわしないお客さんどしたな」

まだ溜り場でお茶をひいていた松代が微笑してたずねると、この時も夕子はだまってうなずいただけであった。

しかし、その学生風の男は、その日から、足しげく通うようになった。竹末甚造のつぎに夕子を見染めてくる客となった。

最初のうちは、この男について、お新も、娼妓たちも、そんなに気をとられはしなかったのであるが、足しげくやってくるようになると顔馴染みにもなる。はじめのうちは、そんなにこ

の男の人相や、性格についてよく気をつけてみてもいなかったのであるが、馴れてくると、特徴がよくわかりはじめてきた。

眼がすんでいることはたしかだった。しかし、どことなく、陰気なかんじがした。鼻すじもまっすぐだし、口もとも若者らしい色艶のある赭い形のいいくちびるをしているのだったが、それがいつも頑なにひきしぼったように閉じられている。そのために、顔全体からうける感じはひどく暗かった。妓たちはこの若者があがってくると、はれものにさわるような気持がして、微笑した。

「おいでやすう」

誰もが、あいそをいうようになったが、若者はついぞみんなにあいさつなどしたことがない。それどころか、めったに口をきかない。

「けったいな人やな。むっつり助平いうたら、あんな学生はんのことというんやろか」

雛菊が夕子にきこえぬようにそんなことをささやいた。実際のところ、妓《おんな》たちは、その若者を気にいっていない。夕子だけが愛想よく送り迎えするのを不思議がったのである。

「夕子ちゃん、お客はんの名ァはなんていやはりますねン」

かつ枝も妓たちと同じ観察をしていたから、何げなくきいてみると、

「へえ、櫟田はんゆわはります」

と夕子はこたえた。かつ枝は瞬間、どこかで聞いたような名前だな、と思ったが、夕霧楼へきた日の夜、夕子が書いていたあの時のハガキの表書きの宛名と同じ姓であることに気づいていなかった。

「何してはるお人やのン？」

「学生はんどす」

「へーえ」

とおかみは眼をまるくした。京都には大学がたくさんあるから、地方の金持ちの息子が寄宿舎に入ったり、素人下宿に部屋をかりて通学していたりする数はかなり多いのだった。しかし、そうした学生の中でも軟派学生だったら、もう少し身装《みなり》をばりっとしておればよさそうなものなのに、その櫟田という男はどことなくみすぼらしい感じがしたのだ。十日をあげずに通ってくる花代を、どうしてみすぼらしい若者が手に入れるのだろう。不思議な気もした。

当時はアルバイト学生という言葉が流行したころである。官立大学の京大や、府立医大や、ミッションの同志社大学にさえも、京都駅へ出てアイスクリームを売ったりする者がいたほどだから、昔のように、苦学するといった語感からくる貧乏学生というかんじはなくて、誰もが闇米を買うために、かつぎ屋のようなことをしていた時でもある。学生のみすぼらしい恰好は、あながち、その子の素姓が卑しいという理由とはならなかったのであるが、しかし、男をみなれたかつ枝の眼には、櫟田はどことなく、暗くて陰気で、人眼をさけるようで、ふとおびえを見せるところがあるように思われる。

「気ィつけんとあかんえ、夕ちゃん」

とかつ枝は分別くさそうな眼もとをしていった。

「男はんには気ィをゆるしたらあかんえ」

夕子はいわれるたびに、こっくりうなずいた。

「へえ」

と素直に返事して、かつ枝を見あげている。悧巧《りこう》な妓《こ》である。まさか、そのような学生と情をかわしているとはかつ枝は思わなかった。若い相手だから、夕子も馴染みにしているのだろう。ところが、この櫟田が、夕子の部屋にあがっているある夜のことであった。八時ごろに竹末甚造がひょっこり、玄関へ入ってきた。

「夕ちゃん、おるか」

と甚造はいい、いつものように、いまにも勝手知った楓の間へ入ってゆこうとするので、かつ枝はびっくりして甚造の足を止めた。そして、すぐお新に目くばせすると、上り口まできて耳打ちした。

「お婆《ば》ちゃん、夕子ちゃんをそおーっとよび出して来なはい」

「へえ」

お新が竹末に気づかれないように、今までかけていた電蓄の「湯の町エレジー」を途中で針をとめ、そそくさと楓の間の方へ消えるのを、甚造はみていた。

「なんや。お客さんと衝突かいな」

皮肉なひびきがこもっていた。かつ枝は、感づかれては、嘘をいうわけにゆかない。

「へえ、そうどすねやけど、もうじき去《い》なはるお客さんどすわ。ちょっと待っといやす。久しぶりにきやはったンやもん。夕ちゃんかて……会いたがりはってましたさかい」

「わいに会いたがってるてか、ほんまか。おかつ」

と急に竹末甚造は眼尻を下げて、疑うような眼つきになって縁をまわって帳場へ入ってきた。そこへどっかとあぐらをかいた。

「そら会いたがってましたがな。ながいこときやはらしまへんもン。若い妓ォは十日もほっとかはったら、浮気するのんがあたりまえどすがな」

甚造はくるりと黒い瞳をまわした。タバコをとりだすと不機嫌な顔で火をつけている。

「客はだれや」

「知りまへん。一げんのお客さんどす。気にせんとお置きやす」

かつ枝がわらうと、甚造も味噌っ歯をだして、つられたように笑った。しかし、すぐもとの

真顔にもどると、気ぜわしそうに、

「忙しいことになりよってな。若いもンらァは仕事をさぼることしか考えてェへんのや。シーズンがくるちゅうのに、展示会の会場をあんた、こんど四条にでけたセンターでやるいよる。阿呆なことをいいくさって……誰が京の友禅やら、帯柄を、モダンな壁の前でつるしてお客の眼をひくかいな。なァ、おかつ」

坐ったのは、商売のはなしだったのかと、かつ枝は急に安堵をおぼえて相槌をうちはじめた。だが、甚造は夕子の部屋を気にしている様子だった。

「展示会て、まんだ済んではらしまへんのどっか。正月があけて、まんだこれから寒い日ィがくるちゅうのに、春もンの展示会てそら何どすのや」

「ちかごろはな」

と甚造は、いくらかうしろの庭向うの楓の部屋のことを忘れたような真顔になってはなしはじめた。

「流行がはげしいよってにな。いちいち、柄行きをお客さんにみせてから、注文をうけてつくる傾向にあるんやな。それで、冬のうちに、早いとこは秋末に、来年の春の流行を手さぐりせんならんわけや。織物問屋の親爺も、悠長なことというとったら、時代にとりのこされてしまうようになったんや」

「へーえ」

とかつ枝は、夕子の時間を稼いでやるためからも、次第に甚造の商売のはなしに興味をつないでいった。

「ほれで、お客さんは、誰をよばはりますねん」

「小売屋やな」

と甚造はいった。

「デパートの仕入部やら、地方の着尺専門の店やら、お客はんが観ィに来やはる。昔のこと思うと夢や。自由販売や。京は京で、また戦前のように、よその土地に負けんようにきばらんならん。それを京は京らしゅう、展示会もイキに観せんことにはあかんのに、若いもンたちは、こんど出けた四条のセンターのモダンなとこで開こいうてきかんのや」

「こんど出けたて、四条のあの大きな建物どすかいな」

「せや。モダンな色かべの前で、千鳥の模様やら、波紋の着尺をみせて何になるかいな。洋服地とまちがえてくさるわ。それでな、今日は、わしは、にわかにお寺はんへたのみにいったンや」

「へーえ」

とかつ枝は眼をまるくした。

「お寺はんて……そら何どすねや」

「ちかごろはな。禅寺の本山で会場を貸さんとこはどこにもあらへん。鳳閣はんや、聚閣《じゆかく》はんは拝観料で銭が入るけどな、何にもない本山は、席貸しでもして、生きてゆこより仕方がないことになりよったんやな。お前、このあいだ、大徳寺でも、モデルさんの撮影会があったのを知っとるやろ。万願寺でも集団見合いの会場に貸したぐらいや。わしは、そこで、考えついたんや。今出川の燈全寺が、うちの菩提寺の本山やさかい、ひとつ方丈の大広間を、うちの展示に貸してくれんかいうてたのみにいってきたんや。ほしたらな、坊主はお前、腹へらして、闇米が欲しゅてかなわん時節や。大喜びで、ふたつ返事で貸してくれよった。席料はお布施のつもりや思うたら安いこっちゃ」

「へーえ」

とかつ枝ははじめてきくはなしに興味をもった。なるほど、着尺や、帯地などは、白い砂のみえる方丈の庭を背景にして、大広間の長押《なげし》にでもぶら下げてみたら、いっそう京着尺らしい佳《よ》さをひきたてるかもしれない。甚造の思いつきにかつ枝は感心して、

「ほれで、若い人は承知しやはりましたン」

「するも、せんもあるかいな。どだい、若い者《もん》は勉強が横っちょへそれてしもとる。何かいうと、自由やとか、民主主義やとかいうて、理屈ばかりこねくさるけど、中身はからっぽや。ア

メリカのもってくる新しいもンやったらとびつきよるけどな、……着物は日本古来のもんやないか。ちがうわな。おかつ」

「そらそうどす」

とかつ枝はうなずいた。

と、この時であった。お新がしらせにいったとみえて、楓の間の障子があく音がし、二人の足音がしずかに庭をとおしてきこえてくる。かつ枝は微笑して立ち上った。

「お客さんがお帰りやすらしおす」

「ほうか」

と、甚造はそれまで夕子のことは忘れたように喋っていた顔を、急にまた眼尻を下げた好色な相にもどして、

「どんな奴や、みたろ」

と低い声でいうと、一寸ばかりかつ枝が意識してあけている障子のすきまに、立膝のまま擦りよってゆくと、はげ頭をくっつけて廊下をにらんだ。背をまるめた小男の五尺二寸ぐらいしかない櫟田が心もち顔をうつむけて、早足で前を通りすぎた。夕子が、一歩おくれてドタドタと小走りで横切った。甚造は、夕子よりも、若者の横顔をじろっとみていた。

「えろう陰気な顔した男やな。あれ学生か」

と甚造はきいた。

「そうらしおす」

とかつ枝は気のなさそうな返事をした。

「学生の分際で生意気な奴ちゃな。あんな子をもった親の身になってみィ。困ったこっちゃ。働いて銭送っても、女郎買いに使いよる。近ごろの若い奴は変に大人びたことばかりしよって……しゃない」

甚造は今出川の店でさきほどまで衝突してきた、息子夫婦にあたる顔つきで舌打ちした。とそこへ、櫟田をおくり出した夕子が走ってきた。

「夕アさん、かんにんしてェな。すんまへんどした。来やはることわかっとったら、うち一げんさんとらへなんだのに……かんにんしとくれやっしゃ」

障子をがらりとあけると、あまえるように甚造をみて、夕子は毛の生えた武骨な甚造の手をひっぱるのだった。

「はよ、ゆきまひょ。はよ、はよ」

といつになくはしゃいだ声でせきたてる。甚造の眼尻がさがって腰はすぐうき上った。かつ枝は眼を瞠《みひら》いて、夕子の急変したその仕種をみていた。日がたてば、こんなに変るものかと驚かされる。そういえば、夕子は客をとることで、いくらか明るくなった。田舎の土くさいひなびた色にかくされていた本性が、男を知ったことで芽をふいてきたのだろうか。かつ枝は色っぽい年増女の演技を夕子の手口にみた。

「ほんならいってくるわ」

と、人のいい甚造は、夕子にかかるとやに下る。下腹のつき出た軀がくにゃくにゃになってしまうのだった。しかし、この日は、甚造は、一時間ほどしてから、また、灯のついた楓の部屋から出てくると、帳場にきて、張りつめた声でいった。

「おかつ、やっぱり、あの妓はええ軀や。やっぱり、諦めきれんよってに、このあいだの話を、もういっぺん考えなおしてみてくれんか」

かつ枝はあきれた。しかし、それはもちろん予期していたことでもあった。タバコを、甚造の袂《たもと》から勝手にひき出して、一本ぬきとると、火をつけてぷーと煙をはき出し、

「あの子はどないいうてますねん」

ずるそうな眼もとで甚造をにらんだ。

「どないいうてるて、わしがほんなことというたかて、女郎がほんまにするかいな。お前は、男なんてけものみたいなもンや、どんなええことといわれたかて信用したらあかんいうて、毎日教えてるンとちがうか。わしがいうより、お前がいうた方が夕子もまじめに考えてくれるにきまっとる」

なるほど甚造のいうとおりであった。しかしかつ枝はこんな風にいった。

「何べんもいうようどすけど、このごろの民主主義の廓は、妓のいうとおりどすねン。あたしにはなんにもいう権利があらしまへんのや。タアさん、そうどっしゃろ」

甚造はしばらく切なそうな眼をむけてだまってしまった。かつ枝はその甚造をみていると、また素朴な六十男の一面をみた思いがする。ちょっと語調をかえて、

「やっぱり、若い妓《こ》ォどすさかいな。苦労してこんと、お金のありがたみがわからしまへんのとちがいまっか。タアさん。うちやったら、こんなええはなしきいたら、何もかも放ったらかして、タアさんとこへ飛んでゆきますわ。竹はんのあとぞいにしてくれはるんどっしゃろ。夕霧も何もかも捨てて、玉の輿へどてんと坐りこみにゆきますのに」

「阿呆こけ」

と甚造は眼尻をさげて、かつ枝をにらんだ。

「お前、そんなことというところをみると、伊作さんの百カ日もこんのに……なにか、ちょこちょこと浮気しとるンとちがうかいな」

甚造はねばつくような好色な眼で、かつ枝のめっきり肥ってきている下半身のまるい腰を眺めた。

「いやなこといわんといてくれやすな。タアさん。うちはそんなお尻のかるい女ごやおへんど

っせ。とにかく、タアさん、昔から男と女の結びつきは、年齢やお金やおへんどしたな。男はんのリード一つでどないでもなったはずどす。しっかりしとくれやす。人頼みばっかりしやはって……昔のタアさんの元気がおへんえ」

そういってから、かつ枝はちくりと針でさすようなことをつけ加えた。

「タアさん。あんた、そんなこというてはって、菊市はんをどないしやはりますねん。あのおひとかて、あんた、去年の春にものにしやはった時は、惚れてはった鞍馬口《くらまぐち》の八百文《やおぶん》のぼんと別れさすのにひと苦労して、死ぬの家出するのと、大騒ぎどしたやおへんか。上七軒の騒ぎが五番町まで聞えてきましたえ。わたしら、ようおぼえてまっさ。菊市はんに、あんたはんがまた、五番町の新入りはんにまいってはるちゅうことがきこえたら、それこそ大変どすがな。夕霧楼は菊市はんに火ィつけられるかもしれしまへん。浮気はいけまへん。ほどほどにせんといけまへん」

「なにいうてけつかる」

と甚造は怒ったようにいった。

「わしはな、おかつ。ひと晩や、ふた晩のたのしみに、二万円もの銭をつかう物好きな男やないでェ」

甚造はそういうと、光った眼をかつ枝に投げ、くるりとうしろをむくと、だらしない帯の結び目をひらひらさせて、また、夕子の部屋へもどっていった。

六

竹末甚造は、夕子の床にはいると、しびれをおぼえた。それは、おかつにいったとおりである。これまで、どの女たちにも感じなかったものがあった。

甚造は、上七軒にいる菊市の軀とくらべたが、菊市は小柄で、胴もくびれてはいる。ぴちぴちしたカモシカのような体質である。しかし、夕子はその菊市ともちがっている。だいいち上背がある上に、上半身がやせ細っていて、首下から胸へかけて骨ばっているようにみえるけれど、例の小乳のあたりから乳房までは、こんもり急に肉づきがよくなる。いったんもりあがった胸部のふくらみは、腹から胴へかけて、心もち下降線をたどってほそまっていくが、そこだけが処女性を示しているともいえる下腹部の白い隆起は、菊市のような浅黒いシミの出た不潔感は、微塵もみられない。それに、夕子は恥毛がうすい。いっそう甚造には清潔に思われる。もりあがった太腿も、膝がしらからすんなり細まってゆくふくらはぎのあたりも、時々、今出川の店で新製品の着尺をまきつけてみるマヌカンの足みたいにすべすべしている。その軀全体は、眺めていても甚造を夢中にさせるものをもっていた。また、夕子の魅力は、その複雑な性格にあったといえるかも知れない。水揚げの日は、まだ、羞恥と不安をもっていた。しかし、日がかさなると、夕子は他人の前では伏眼がちにしている睫毛のながいつり上った眼をぱっちり開き、放心したように甚造をみつめるのであった。その瞳は、甚造を誘い入れるようなうるみをおびていた。夕子は長いあいだそんな瞳をなげ、表情をくずさずに、甚造のまさぐるままにさせている。しばらくすると、肩の胡麻粒みたいなソバカスの一つ一つを大きく躍動させて、夕子は息づくのであった。甚造は夕子にきいてみる。

「お前は、ここへくるまでに、誰かええ恋人がでけてたンとちがうかいな」

夕子はくすりと笑ってこたえない。

「せやろ。顔に書いたァるがな」

どのようにいっても、夕子は男がいたということについては肯定しなかった。しかし、男と戯れることは、生来好きであることはたしかであった。だから、甚造は処女でなかったという確信があったのだ。そうでなければ、甚造のするどんな仕種にも耐えるはずがない。やはりこんな女郎屋へ身を投じる女だったのである。

しかし、そうは思ってもかつ枝のはなしをきくと、与謝の海辺のひなびた村に、病気で寝ている母親がいるそうである。父親は甲斐性のない気弱な木樵だということである。それにまだ学校へいっている子も含めて妹が三人いる。想像するに貧乏のどん底にこの娘はいたのだろう。

甚造はまだ与謝半島のそんな辺鄙な村へいったことはない。三年前に一ど、店の子たちをつれて、天の橋立を観にいったことがあるが、橋立の細長い松林の向うに、成相山のひときわ高くなった山脈《やまなみ》がみえて、北に向って、うす墨色に棒を倒したように、寝ていた半島の遠景を望んだ記憶があった。

あの半島の遠い村に育った娘なのだと思うと、特徴のあるソバカスの肩のまるみから、胸に至るあたりが急に雪のように白くなり、しめったようにみえる夕子の肌は、男を早くに知ったからそのように発育したのでなくて、雪の下に眠っていた水仙の蕾がはじくように、無意識にいま、女になろうとうずきはじめたのかも知れぬという気もする。

すると、甚造は、夕子を誰にも渡したくないという気がした。

「今夜、わしが、帳場におったらな、お前んとこへきた客が去《い》ぬのんが見えたけど、あれ、ほんまに一げんの客かいや」

と甚造はきいた。陰気な横顔をみせて、背をまるめて、人眼をさけるように早足で玄関を出た櫟田の顔を、甚造はいま、ライバルのように眼に焼きつけているのだった。

夕子はだまって返事をしない。甚造はいらだたしくなって、

「学生やいうけど、どことのう、しんねりした子ォやったな。いくつや」

「二十一やいうてはりました」

「名ァは」

「ここへきていわはる名ァは信用でけしまへん。ほんまの名ァか、嘘の名ァか知りまへん。けど、クヌギダいうてはりました」

「クヌギダ?」

「へえ」

と夕子はいって、露出していた肩に毛布をかけて、亀の子のように首から上を甚造の方に向けた。

「お前な、あんな若い学生が好きか」

「好きやおへん」

と夕子はいった。

「ほんまか」

甚造は内心嬉しくなったが、夕子のうるんだ瞳が、海の底のようにもやもやとして信じがたいものをはらんでいるのを感じるのである。

〈やっぱり、この娘は天性の娼婦やったんや……〉

甚造はそう思うことで、己れの執着心から離れようとあせるのだが、かえって夕子にひきつけられてゆく自分を知るばかりである。

「やっぱり、お前、こうして、お客さんとって、娼妓でくらした方がええのんか」

と甚造はきく。

「………」

夕子はそのような身の上ばなしになると何も返事をしない。

「学生はええけど、時によっては酔っぱらいのイヤなお客さんとも寝んならんことがあるやろ。夕子。なるべくなら、こんな暮しは長うせん方がええ。お前はいま、すべすべしたシミ一つない軀しとるけど、もうじき、雛菊や久子みたいに、化粧やけした蒼黒い軀にかわってゆくんや。わしはな、そんな女にお前をしとうないんや。どうや。わしが、おかつをくどいてみるさかい、夕霧楼をやめて、わしのいう家へきてくれるか」

「………」

夕子は天井をみたまま、何もこたえない。

甚造はしつこくいうと、嫌われる気がするので、そのはなしはいいかげんで打ち切ると、大きく吐息をついて、また抱きよせるのだった。つい三十分前に、二十一の若者を抱いたはずの夕子は疲れをみせなかった。だまって頰笑んだだけで、なかばあきらめともうけとれる眼をチラとなげて、浅黒い肌に白髪のまじっている甚造の胸毛のあたりへ、形のいい白い鼻先をすりよせてゆくのであった。

竹末甚造は、その日、夕霧楼の帳場から覗き見た櫟田という学生が、夕子の部屋へ十日に一どは上ってくるときいても、正直のところ、そんなに気にもしていなかった。貧相で陰気にみえた学生に、夕子が心をとられているとは夢思いもしなかった。ところが、ある偶然が、櫟田を甚造にひきあわせた時、甚造は息を呑んだのである。

竹末甚造が、着物展示会を燈全寺の方丈を借りうけて催したのは二月三日のことである。燈全寺は烏丸《からすま》今出川の北方にある大きな寺であるが、足利義満が創建した京都五山の筆頭寺といわれるだけあって、ずいぶん寺領も広い大寺であった。

山内には十いくつもの塔頭《たっちゅう》寺院があって、枝ぶりのいい黒松の林の中に、本山宗務所の大きな庫裡《くり》と法堂《はっとう》が、そり棟の二重層の屋根をひろげて、晴れ渡った空にそびえている眺めは、いかにも、禅宗の古刹といった感じがした。甚造が宗務所に交渉をして展示会に借りた方丈は、庫裡の左側の広い廊下をわたったところにある。別棟になった宏壮《こうそう》な建物であった。

中央の内陣には金襴《きんらん》の打敷をしきめぐらし、緞帳《どんちょう》の柱かけにかこまれた須弥壇《しゅみだん》がある。中央は二十畳敷きの間である。その両側には上間《じょうかん》、下間《げかん》と同じ二十畳敷きほどの広間がつづいているが、戸障子をはずして、せりだした広縁の広さも加えると、かなりの坪数となった。展示品は、この三つの部屋をぶちぬき、須弥壇も、位牌堂も、見えぬように白幕でかくしてしまうと、何ともいえぬ古雅な趣をたたえた広場といった感じがした。

眺めは、何といっても方丈前の白砂に箒目《ほうきめ》のかけられた庭園だったろう。四条のセンターなどではみられない天然の優雅なものである。正面の白砂は、五線をひいた土塀によって囲まれていて、その塀ぎわに青苔の生えた築山《つきやま》がいくつもあり、かたちのいい赤松や栂《つが》が、長い枝をさしのべて、白砂の上にくっきり影をおとしている。

そんな庭と方丈を背景にして、甚造は、この春はぜひとも打ち出さねばならない花柄の小紋の五十点を正面にならべ、落ちついた色調の無地ものなどは、白布の前にならべた。マヌカンにも着せて、二百二十三点の新作を展示している。

たしかに、「竹の春の展示会は、意表をついたものとして人気をよんだ。京の織物問屋らしい試みだと、業界紙の一面に写真まで出たし、一般紙である京都夕刊なども、由緒ある禅宗の本山が、このような問屋の試みに便乗して、方丈の美観をPRに役立たせたことを讃《ほ》めたたえていた。モデルの撮影会や、集団見合いにお寺を貸すよりは、まっとうで優雅な試みだと、讃めているのであった。

客は三日間の会場を埋めつくし、商売も活気を呈した。甚造は、青森や秋田あたりの小売店からも仕入主任が顔をみせていることにほくほくしたが、三日目の会がはねたのは夕刻であった。本山側との約束もあったから、お客が帰ると、大急ぎで、陳列品をたたみこみ、ちらかした庭先や、内陣の間などの白布をおろして、もとのままにしておかねばならない。店員をつかって、甚造は、それらの始末に走りまわっていた。と、この時、方丈へくる庫裡との間の廊下を、十人ほどの小坊主が一列にならんでやってくるのがみえた。今し方、白布をはずした内陣へすり足で歩いてくるのだ。宗務所から、展示がすんだら、すぐに片付けてくれといわれていたのは、翌日の六日が、燈全寺本山の懺法会《せんぼうえ》の行事のリハーサルになっていたからである。役僧連中が夕刻からあつまって、当日の打ち合せをしたり、小僧たちも、何かと下準備のため、塔頭寺院からかりあつめられてきている様子だった。

甚造が小坊主の行列をみた時に、その小僧の中でどこかでみたような男の横顔をみた。

〈おや……〉

と、思わず口ごもった。太まきに巻いた帯地をもったまま、甚造は棒立ちになっていた。

小僧たちはいずれも二十二、三から十七、八ぐらいの年ごろで、剃髪《ていはつ》したての青頭をしていた。墨染めの衣に、白衣を着、袈裟を腕にかけ、胸前で手をくんで歩いてくる。その十人の列の、前から三ばんめに、櫟田そっくりの僧がいた。僧たちは心もち顔をうつむけていたが、高い敷居をまたいで入ると、畳に足をすらせ、内陣の前にきて左右に分れて向きあったのだ。

櫟田に似た僧は、下間の間にいる甚造とまともに顔を合わせた。甚造の方がじろっと見ると、その僧はすぐに眼を伏せた。

〈やっぱり、あいつだ……〉

甚造は動悸が激しく打った。

〈夕子のところへあがっていたンは燈全寺の小僧やったンや……〉

嫉妬とも怒りともいえぬ妙な感情につつまれると、甚造はそのことをいまたしかめないではおれなかった。甚造は、通りがかった宗務所の男に訊ねてみたのだった。黒地の袷に白のもんぺを履いた役僧の男は、展示会の係であった。

「あの、列の一ばん端の小僧はんどすかいな」

と甚造の顔をみて、

「御存じどすのンか。あれは鳳閣はんの小僧はんどすねや」

といった。

「えッ」

甚造は耳をうたがった。役僧は洟をすすりながらかん高い声でつづける。

「鳳閣寺はんは聚閣はんとならんで燈全寺の別格地でござりましてな。あすこには聚閣寺はんの小僧はんもいやはりますねや。みんな、本山の塔頭の小僧はんばかりで……あしたから催されまする、懺法会の回向《えこう》の稽古にきてはりますンどす」

甚造はまだ半信半疑の眼をすえて、役僧の顔をじろっとみていた。

「ほんなら、あのお方はクヌギダといわはらしまへんか」

「………」

役僧はとがった頭をかしげてしばらく考えていたが、

「そうどす。櫟田正順さん。櫟田さんといわはります。社長さんは何どすか。あのお方を御存じで……」

「いいや」

と甚造は首をふって心の中で苦笑した。まさか、五番町で、同じ妓《おんな》を抱いた仲間だとはいえはしない。

「なんでもおへん。ただな、どこかでみたお人や、きっと、櫟田さんにちがいないな、と思うたもンどすさかい、たしかめとうなりましてな」

ごまかすようにそういったが、役僧は、急に甚造の顔が青くなったので、不思議そうな顔をした。

「おーきに、おーきに。これで、つつがのう展示会は終りました。おかげさんで、ええ商いさしてもろて、みんなよろこんでおります」

甚造は役僧にペコリと頭をさげると、ふたたび店員たちをつかって、跡始末に懸命になったが、この時、内陣ではじまった読経の声に顔をふりむけると、櫟田が剃りたての頭をこちらへむけ、甚造を意識しながら、じっと瞑目している顔がみえた。

〈やっぱり鳳閣はんの小僧やったンか。ほしたら、きっと、坊主大学の学生にちがいないわ……〉


この収穫を、夕霧楼のおかつに耳打ちしたら、どんな顔をするだろうかと、竹末甚造は楽しみになった。展示会は成功裡にすんだのだから、早く今出川へ帰って、着物を着換えて五番町へ走りたかった。


「おかつ、夕子はおるかァ」

竹末甚造は、その五日の夕刻、六時半ごろに、めずらしく背広を着てやってきた。肥満体の甚造は、洋服を着るといっそうつき出た下腹が目立った。

「めずらしおすなァ、洋服着やはって。なんどすねや。タアさん、今日は」

柄のわりに短小な黒の短靴を、もどかしそうにタタキへぬぐと、帳場へ大急ぎで上ってきた甚造の顔の、額のあたりが心もち蒼い。

「夕子はおりまっせ。まんだ今晩は処女どすわ」

とかつ枝は、甚造の好みにあわすような口ぶりでいった。甚造の眼つきがギラギラしていた。何かあったなという思いが走った。

「ま、そんならええわ」

と甚造は安心したようにいって坐った。

「そんならええわて、夕ちゃんが何かしたンどすか」

「ま、夕子には関係はしとらん。けどな。しかし、関係がないとはいえんなァ。じつはな、おかつ」

甚造は、かつ枝が小綺麗な茶ぶきんで、長火鉢のへりを拭いて、鉄瓶の下の小火をおこしはじめるのを、もどかしそうにみながら、

「お前、このあいだ、夕子のとこへあがっとった学生知っとるやろ」

「…………」

かつ枝は火箸を灰の中へつきさした。

「そのお客はんが何どすねン」

「あの学生は鳳閣寺の小僧やでエ」

かつ枝の膝が、コツンと長火鉢の腰にあたった。

「ほんまどすか」

「嘘いうもんか」

甚造は、ここで、燈全寺の展示会をすました跡始末の時に、櫟田正順が衣を着て方丈に現わ

れた姿を、克明に話した。

「へーえ」

と、かつ枝は思いあたることがあるので息をのんだ。しかし、いま、とっさに、甚造にそのことを話すのは止めたのである。ここに来た日、ハガキを一番に出した相手は、昔の恋人だったのか。そうでないと合点がいかない。夕子は与謝の樽泊にいた時に、あの学生と出来ていたのか。かつ枝は、いま、あらためて、竹末甚造が、「あの娘は処女やなかった……」といったことが思いあたった。

「へーえ、そうどすか。鳳閣寺はんの」

と、かつ枝はまだ空とぼけたふうにいったが、内心、甚造のいったことが事実なら、夕子は相当のしたたか者だ、猫をかぶっていたのだと思わざるを得ない。

かりに与謝の村で櫟田正順と知りあっていたのなら、こんな女郎屋で働くようになった自分を、ひたかくしに匿《かく》すのが当然だ。しかし、ついたその日にハガキで知らせるような娘心は理解出来ない。

げんに、八人もいる妓たちは、松江や、鳥取や、福井の方から来ている貧しい家の娘ばかりである。この妓たちは久子も雛菊も申しあわせたように、田舎へは京都の生活のくわしい事情は知らせていない。夕子のように、家へ送金しなければならない境遇の子も大半である。休暇をとって、盆と正月に村へ帰る日さえ、まるきり装《なり》を変え、いかにも堅気の店につとめている顔をして帰ってゆくのを知っている。

だが、夕子は夕霧楼へついたその日に、京都の幼友だちにあそびにこいとハガキをかいたのだろうか。解せないことであった。軀を売る商売を恋人に知らせるはずはない。とすると、櫟田正順と夕子が知りあったのは、夕子のいた与謝ではなくて、どこか、近くの町で働いている時に会ったのではあるまいか。そうならば、夕子が夕霧楼へ鞍がえしたことを先ずハガキでしらせることは理解出来るわけだ。けれども、最初はそんな風には思えなかった。樽泊の父親三左衛門も、貧しいながらも村でまじめに育った気のええ娘だと自慢したではないか。

かつ枝は甚造の驚いている顔をみながら、そんなことを瞬間、頭の中で整理しようと思ったが、あまりのことに、錯乱した思考は一本にならない。

「夕アさん。ほんまどすかいな」

とまたいって、ぐうっと大きくつばをのんでから、

「鳳閣寺はんいうと、由緒のあるお寺はんやおへんか。そこのお小僧さんが、うちへきてはるわけどすか」

と信じられないような顔をしてきいた。

「そうやな」

と竹末甚造は締めたネクタイを窮屈そうに指先でいじりながらいった。

「鳳閣寺の小僧かて女郎買いにはくるわいな。きてわるいということはないわいな。昔から、五番町や、上七軒は、禅宗の坊さんらァがちょいちょい色ごとをたのしみにきやはったとこや……つまり道場でもあったわけやな。雲水はんかて、やっぱり人間やな。坐禅ばかりしとったかて、悟りはひらけへん。女ごが欲しい思えば、五番町へくるのもよかろ。しかし、わしが不思議に思うのはな、あんな学生の分際で、えろう銭があるな、ということっちゃ。いくらなんでも、鳳閣寺いえば、大きな寺やし、修行もきびしい寺やと思うが……ずいぶん、野放しに小僧を自由にさせとる思うなァ」

「そら、あんた、拝観料の入る大金持ちのお寺はんやさかい、わからしまへんで」

「阿呆いえ」

と甚造はかつ枝の感心している顔をにらんだ。

「金があったかて、小僧は小僧やないか。そんなに十日に一ぺんも、女郎買いにゆくからいうて、ヒマと金をくれはる和尚さんはあるやろか」

「そらそうどすなァ」

そういいながらも、鳳閣寺の小僧の櫟田正順はいったい、どこで夕子と知りあったか、とまたかつ枝は考えている。

与謝だろうか。いや、そうではなかろう。鳳閣寺は京にある。京と与謝はずいぶん遠い。

〈待てよ……〉

かつ枝は、また、あの伊作の葬式をすませて、樽泊の舟着場から出た夕子との出発の日を思いうかべる。

〈奥さん、浄昌寺はんのお墓場の百日紅がみえますなァ。あの百日紅は長いこと咲いとります……〉

そんな風にいった夕子が、あの伊作の棺がはこばれていった浄昌寺の境内で、小さいころ、木樵の父親の留守を守ってあそんだにちがいないと思われる。夕子という名前も、浄昌寺のあの嗄《しわが》れた声を出す和尚がつけたのだと三左衛門はいったのだから。

とすると、櫟田正順と夕子が知りあったのは、与謝の浄昌寺ではなかろうか。

だが、どうして、鳳閣寺の小僧が与謝へゆく機会があったろう。かつ枝はここで、ふいに、櫟田正順は、与謝の浄昌寺に生れた子供ではないかという気がしたのだった。浄昌寺に生れて、中学を出、それから鳳閣寺へ小僧にきたのかもしれない、と考えてみた。するとこの考えにはかなり確実性があるとかつ枝には思えた。

「へーえ、燈全寺であわはりましたンか」

とかつ枝はまた感心したようにいうと、甚造がいった。

「鳳閣寺はな、燈全寺派のお寺や。わしらのお寺は、千本鞍馬口にあるんやけど、これも、燈全寺派の末寺でなァ。大けな本山ほど、末寺があるわけや。さしずめ燈全寺の末寺では鳳閣、聚閣やろな。まだ全国に仰山の末寺がちらばっとるはずやし……その末寺の小僧はんらがな、懺法会たらいう行事のために、本山へあつまってきてはったンや。鳳閣寺からも、聚閣寺からも来てはるいうて、役僧さんが説明しやはったさかい、嘘やあらへん。やっぱり、櫟田は鳳閣寺の小僧やで。阿呆たれ坊主は、何も知らんと、方丈の仏前で厳粛な顔をして回向の練習をしとったけど……ほんまに、近ごろの坊主の卵ちゅう奴は信用おけんな」

と、舌打ちしながら、甚造は、ぬれた朝日の吸い口をひとねじり強くねじって、

「夕子の奴は、ひょっとしたら、鳳閣寺の総領坊主やとだまされて、ころりとまいってしもとるのンとちがうかいな」

猜疑走った眼でかつ枝をみた。

「おかつ、あの妓《こ》ンところへ櫟田は何べんあがった。ずいぶんきとるやろ」

と訊いた。

「あたしは何もしりまへんがな。帳面つけてるだけどすさかいな。お客さんの名ァをいちいちおぼえとるわけにゆきますかいな。それに、あんた、色街へきて、時間花をつけてゆかはるお客さんに、ほんとの名ァ書いてゆかはる人は、まあめずらしおすな」

「そうすると、櫟田は無論、本名であがっとるわけやな」

「それがほんまやとすると、そうどすな」

と、かつ枝は、櫟田と夕子とのことは、もうこれ以上、甚造といっしょに追及することはつらい気がした。かつ枝にはかつ枝の知っていることがある。そのことをいましかめるためには、甚造がいてはまずい。

「夕アさん、ま、そんなヤキモチ焼かんと……あんた、それで、燈全寺はんでの展示会はうまいことゆきましたゝどすか」

と話題をかえた。

「商売か」

と甚造はうかぬ顔をしたが、

「商売の方はうまいことゆきよった。それはわしの感覚がよかったさかいや。若いもゝにまかしといたら、四条のセンターでやってしまうとこやった。ほしたら、あんなに注文もなかったやろ。大勢のお客さんで方丈はいっぱいやった。二百二十三点の帯と着尺を展示したけど、どえらい注文をうけたわ。京都夕刊の記者がきてな、こんどの展示会の試みは業界のはしりや、これからは、本山側も、織物問屋の展示会やったら、よろこんで貸すやろいうてな、そんな新聞記事をかいとったが。商売もでけるし、本山の美しい庭園も、全国から来たお客さんにＰＲ

でけるちゅうわけでな、えろうありがたがってはった」

「へーえ、それで、お客さんらのお弁当はどないしやはりましてン」

「わしは、三条の川繁からあつらえてな、箱詰を配ったんやけど、燈全寺の宗務所も、それ見とって、こんどからは、カギ竹はん、食事も精進料理で、本山でやらしてくれんかいうて、笑うてござった。このごろの坊主は布教専一に修行をして、檀信徒をふやしてゆく情熱は欠けてしもうて、一般商人の金儲けの根性とちっともかわらんな。ソロバン高い坊主ばっかりおるよってに、正直のところ、わしは禅宗いうもンにイヤ気がさしてきたわな」

「そらそうどす。タアさん。お布施ばっかりとらはるお寺はんで、朝晩のお経さんもサボってはる和尚さんは、いくらもいやはるそうどっせ」

「終戦になってからは、信仰の自由やないか。何を信じてもええわけや。むずかしいことというとると、檀家はみんな尻《けつ》むけてしまうわな。和尚さんらも、この闇時代に喰うてゆくのに真剣でな……わしの展示会は、えらい席貸しの宣伝になったちゅうて、感謝してござった……」

有頂天になってはなしていた甚造は、この時、うしろの庭向うの楓の部屋が恋しくなったらしい。

「ほんなら、わしはちょっくら、夕子のとこへいってくるわ」

といって立ち上った。かつ枝は眼尻をやわらげて、

「今日は時間どっか」

「阿呆、泊るわけにゆくかい。今日はすんでから、今出川へいんで、若いもンと展示会の批判会をせんならん。それまでに……ちょいと、お前にこのはなしをしとうなったンや」

「うそいわんときやす。あてやなしに、夕子ちゃんに会いとうなったンどっしゃろな」

とかつ枝が憎らしそうな顔をしてみせると、

「どっちでもええがな」

と、竹末甚造が、三日間の商売が出来たので、ほくほくの上機嫌で走っていこうとするのへ、

「夕アさん」

と、かつ枝はよびとめていう。

「鳳閣寺はんのことは、夕子はんにいわん方がよろしおまっせ」

「なんでや」

甚造はふりむいて首をつき出した。

「そんなお客さんの詮議ばっかりしとったら、娼妓はんはみんな夕アさんがイヤになりまっせ。あの子、ものにしよおもたら、じっと、がまんして、知ってても知らんふりしとるのンが男どすがな」

「ほうか、ほれもそうやな」

と甚造はうかぬ顔をして、うなずきながら、こんどはゆっくりと廻り縁をすり足で消えてゆくのである。

七

夕霧楼の娼妓たちの中で、片桐夕子がもっとも親しくしていたのは、田山敬子であったかもしれない。敬子は夕子の部屋のとなりの六畳にいたせいもあるけれど、少し無口ではあるが、気性のいい妓《おんな》で、不思議に夕子とうまが合ったようだ。夕子が館の生活に馴れてきはじめたころに、最初にはなしかけたのも、この敬子である。

夕霧楼の建物は、ちょっと変った構造になっていて、夕子と敬子のいる建物だけは平家で、本館は二階家になっていた。ほかの七人の妓たちは、二階の、アパートのように廊下をへだてて向きあった部屋にいた。しかし、建物は、本館と平家とが、庭をへだてて廊下でつなぎあわせになっていたから、同じ建物つづきのかんじはした。これは、死んだ酒前伊作が、最初に本館を買いとったあとで、隣家の「千鶴楼《せんかくろう》」という館の離れを買い取ったためである。

伊作は境目の塀をとりこわして、奥行き五間幅ほどしかない空地を、庭先に改造し、池もつくり、平家の方を自分たちの部屋にしようとしたのだが、結局、ここも娼妓の部屋にしてしまった。夕子と敬子の部屋は、壁ざかいになっていたが、大きな声でよびあえば、筒ぬけにきこえるほどの近さだった。

敬子は、年はまだ二十三だった。夕霧楼では若い部類に入った。三十六の久子を先頭にして、二十四の雛菊、松代まで、二階組はすべて、年長組といえた。偶然ながら、階下組だけは若い妓が二人となりあわせた。

これはかつ枝の考えによったものだった。敬子は娼妓にはめずらしく理知的で、旧制の女学校を出ている。岡山県の倉敷に生れていて、畳問屋の主人の妾の腹からうまれたということである。十三のときに、畳問屋の主人が急死して、敬子の母は女学校一年生の敬子をつれて、同じ倉敷市の運送会社の課長の家へ後添いとして入った。

ところが、敬子はその家に先妻の子が五人もいる上に、新しい父親が酒好きで乱暴な男だったので馴染めず、些細なことから喧嘩して家をとび出した。大阪にしばらくいて、昭和二十四年に五番町へ流れてきた。無口だけれども勝気なものを敬子はもっていた。一見して、敬子は、瓜実顔の額のひろい顔をしていて、色も白い。誰かが敬子のことを観音さんとよんだことがあった。それは敬子の眼がほそく眉が月型で、おもながであったからである。どことなくしめっぽい、抹香くさい風貌をしていた。

「あたしね、夕ちゃん、みんなに内緒やけど、ちかごろ歌を詠む練習をしてんのよ」

敬子は近くによるとかなり荒れた皮膚のみえる、蒼白い顔をにんまりほころばせていった。敬子は倉敷生れなのに、時によっては東京弁にちかい標準語をつかうくせがあった。

「歌て、なんどすねや」

と夕子は訊いた。

「短歌よ」

と敬子はいった。

「あたしはね、お茶ひいてる時はひとりでお部屋で歌をつくってンのよ。楽しいもンよ、夕ちゃん」

夕子はもとより歌をたしなむような女ではない。きょとんとした眼をむけて、三つ年上の敬子の顔を見ていたが、ここへきて二年余りのあいだに、敬子は自分でそろえた調度の中の、観音びらきになったスリガラスの本箱の扉をあけて、十幾冊もあろうかと思われるノートをとり出してみせる。

「これよ、大阪にいた時もね、時々詠んでたンやけど、京都へきてからとうとうこんなにたまったのよ」

ぺらぺらとその一冊をめくってみせる。夕子は、日付別に吟詠されている敬子の草書体のきれいな歌の文句をよんでいたが、格別にその歌によって感動したという気配はなかった。

「あんたも、勉強するといいわよ。下手の横好きでいいのよ。雛ちゃんなんか日記をつけるっていうけど、いちいち忙しいのに長たらしい文章を書くのも億劫だしね、歌だったら三十一字でいいんだから」

「でも、よっぽど考えてつくらんと、歌にならへんのでっしゃろ」

と夕子はいった。

「考えてるとダメよ。思ったことをそのまますらすらと書いちゃってさ、三十一字目がきたらとめればいいのよ」

「そんな器用なことうちらにはできしまへん。思うとることそのまま書いてしもたら、何やけったいな言葉になってしもうて、そんな美しい歌にならしまへんわ」

と夕子はいった。

「たとえばね」

と敬子は、のっぺりとしてみえる蓄膿型の鼻の下から、特徴のあるかすれたような声をだして、

「働けど、働けどなおわがくらし楽にならざり、じっと手をみるっていう歌があるわね。知ってるでしょ。石川啄木のつくった有名な歌よ。これ、ずいぶんかんたんじゃない。思ったこといってて歌になってるじゃない」

石川啄木という歌人は、女であるか男であるか夕子は知らない。だが、眼つきだけは、歌の意味がわかったようにこっくりとうなずいている。

「あたしのつくった歌で、令女苑へ当選した歌をみせましょうか」

調子づいてきた敬子は、腹這いになると、白い指の長い手をまた本棚にのばして、上の段から、ぎっしりつまった令女苑という雑誌の中の一冊をひき出した。巻末近い読者文芸と組まれた活字の欄をみせた。そこに赤線のひいてある個所があった。夕子がよむと、こんな風にそれは読める。

廓にて

あこがれは里にはあらず天神の木立の森の青き空かな

ぺたぺたとスリッパの音の冷たくて廓づとめにわれは狎《な》れゆく

疲れたる瞳にあはき朝方の花を呉れたる人の名を知らず

「みんな私の経験よ。ほら、庭の向うにみえる黒い山みたいなとこがあるでしょ」

縁先からみえる屋根越しの、遠い北の方にこんもりと黒くなってみえる、北野天神の森を敬子は指さしていった。

「あれは天神さんの森でしょ。夕ちゃん。いつも、あたしは、倉敷のことを思い出しながら天神さんの森をみているっていう心をうたっただけなのよ」

「………」

夕子は感心したように、眼をほそめてその雑誌をみつめていた。敬子は、このような雑誌に短歌を投書するのを楽しみにしているらしい。夕子は澄んだ眼をうるませ、敬子の得意気な顔をみた。敬子は口の上では自慢するふうでもない。ただこの館につとめて、ひそやかな楽しみを育てているのだということを夕子に告げたいだけのようであった。

「あんたの故郷はどこ？」

と、敬子はふるさとという言葉を、歌を詠むようなアクセントできいた。

「与謝ですねン」

「与謝いうと、舞鶴の向うね？」

「へえ、宮津から舟にのって、ずうーっと北の方へいくとつきますねん。半島の端の海べの村で、三つ股いいますねん」

「へーえ」

と敬子は遠い眼をした。

「ずいぶん遠いとこね。おうちの人みんないやはるのン？」

「お父《と》はんもお母《か》はんもいます。けど、お母はんは病気どす」

「そやそうね。お母はんからそんなこときいたけど、ここのお父はん疎開してはった近く？」

「そうどす」

力をおとした声で夕子はいった。

「うちの村のちかくの樽泊いうところどした。そこの海べりを歩いてはったら、旦那はんは急にえろうなって倒れはって……そのまま家へはこばれはったンどすけど、まなしに死なはりましたんどす」

「舟でゆくって、汽車はないの、そこ」

「へえ、汽車はおへん。宮津から、木炭バスが出てますけど、いくつもの峠をこえんならんよってに、みんな舟の方が早いいうて、舟つかわはります」

「景色はいいとこでしょうね」

敬子は、与謝の海を想像するように眼をほそめた。

「ええ景色かも知れまへん。海ぎわの丘の上に、ぎょうさん百日紅の咲いたお墓がみえます。海からみるときれいどす。せやけど、あたしら、よう見なれてしもてましたさかい、ちっともええように思わしまへんどした」

と夕子はこたえた。

「お墓て、そんな海の際にあるのん」

「へえ、田圃やら畑は、せまいところにありまっしゃろ。せやさかい、死んだ人を埋めはるところは、海の際の死んだような土地やないと、もったいないのどす。お墓のあるとこは、海のきわの高い高い上どす。そこにお寺はんがあって、いっぱい百日紅が咲いてますねン、風が吹くと、海へ花びらが散りますねン」

敬子は溜息をついた。

「歌によめるようないいところやないの、夕子ちゃん」

「そうどっしゃろか」

と夕子は、敬子のように感動をおぼえない眼で、敬子の観音顔をみていた。

こんな話をしあった日から、二人は近づいたのである。夕子はヒマがあると、敬子の部屋をノックしてたずねるようになった。帳場のかつ枝も、夕子が敬子になついていくのなら、安心なものがあった。敬子は歌を詠んで、それが雑誌に当選する。かつ枝は敬子にいち目置いていたのだった。

その敬子が、梅花祭の近づいた二月二十三日の夜、一げんの客をとって、表へ送り出した帰りに、帳場をのぞいた。かつ枝にひくい声でいった。

「お母《か》はん、夕子はん、部屋にいやはりますのンか」

かつ枝は妙なことをいうといった顔で、すぐ、障子のすき間から庭向うをみた。楓の間は灯が消えている。

「おかしいな、お客はんとってンのとちがうやろか、つい、夕方まで表にいたンやけど」

とかつ枝がいった。

「そうどすか。何やしらんけど、隣りがえろうひっそりしてますさかいなァ、夕ちゃんどこかへいったンとちがうやろか思てたんどすねン」

敬子は爪先だつようにして楓の間の方をみた。

「お客さんもとらへんのに、灯ィ消しておかしなことやおへんかァ、ちょっとのぞいてみたらどうどす」

案じ顔である。かつ枝は首をかしげながら帳場から出てくると、すぐに廊下を小走りで廻った。敬子もうしろをついてくる。

「夕ちゃん」

かつ枝は障子をあける前に、また猫撫で声をだした。返事がなかった。

「おかしいな。出るのを見たことないのに……寝てンのやろか」

かつ枝はつぶやいて、ガラリと障子をあけた、と暗い部屋に、夜空のうす明りがさっと入りこんだが、床の間を枕にした蒲団がみえて、それが人型にこんもりとふくれ上っていた。夕子は寝ているのだった。

「夕ちゃん」

かつ枝は声かけた。夕子は起きない。返事もしない。

不思議だった。敬子も部屋に入った。

「どこぞ、わるいんやないやろか」

わきによって、かつ枝はゆり起した。夕子は仰向けに寝ている。額にかつ枝は手をあてた。すこし汗ばんでいるが、生温かいだけである。ほっと安堵したものがかつ枝の胸を走ったが、

「夕ちゃん、夕ちゃん」

とよんだ。うしろに立っていた敬子が電燈のスイッチをひねると明るくなった。

急に明りがともったのと、かつ枝のゆり起す振動が大きかったのとで、夕子は眼をあけた。きょろきょろッと周囲をみている。

「夕ちゃん、どないしたん、どこぞわるいんかいな」

「…………」

だまって、かつ枝と敬子を、うす膜のはったようなとろんとした眼で見ていた夕子は、やがて、急におびえたように、両手で顔を被った。そうしてすすり泣きはじめた。

「おかしな子やな。夢でもみてたんとちがうか」

気味わるくなったかつ枝は大声をだした。

「夕ちゃん、寝とぼけたらあかんえ。あんた、いま何時や思てんの。どこかぐあいわるいゝとちがうか」

「いいえ」

と夕子はかぼそい声でいった。

「何やしらんけど、お客さんに薬呑まされたら、眠とうなりましてゝ。それで、部屋へ帰って、ごろんと横になりましたゝや。ほしたら、急に寒気がしますよってに、おふとんしいて中へ入ったら、死んだように寝てしまいましたゝどす」

かつ枝は腕にくいこんだようにはめている時計をみると、十二時すぎている。

「何時のお客はんやったん」

「へえ、七時に櫟田はんが来やはりましたんどす」

とすまして夕子はこたえた。

「ほれから一げんさんはとらなんだの」

「へえ」

かつ枝の顔いろが少しかわった。敬子の方をふりむいてから、

「薬のんだて、あんた、なんか変なおくすり呑んだゝとちがうか」

「櫟田はんに風邪ぐすりもろて……白い粉ぐすりどした。それ呑みましてン」

かつ枝はどきりとした。

「あんた、おかしなものもろて、毒呑んだンとちがうかいな」

ギロリとかつ枝はひと皮眼を光らせていた。

「………」

「それで、もう、どうもおへんか」

「何や、頭の芯がとろんとしてます。せやけど、大事おへん。お母《か》はん、すんまへんどした。心配かけて、すんまへんどした」

夕子は切なそうに蒲団の上に起き上って、乱れた髪をくしゃくしゃとかきむしった。まだ、いくらか放心したように、部屋の周囲をみている。

「熱があんのとちがうか」

とまたかつ枝は夕子の顔をさしのぞいた。夕子の眼は蒼く澄み、心もちとろんとしているようだった。

「なんや知らんけど、顔いろが冴えん。夕ちゃん、今晩はもうお客さんしんと寝てなはい、よろしおすか」

「へえ」

夕子は、ペコリとかつ枝にすまなそうに頭を下げた。

不思議なことといえた。かつ枝はこの日、時間花で上った櫟田正順に、ある疑念をもった。粉ぐすりの中に何か入っていたのではなかろうか。夕子が知らなかっただけのことである。

かつ枝がこんな心配をする理由があった。以前に夕霧楼にいた妓の一人が、客に睡眠薬を呑まされて死んだことがあった。清子というまだ若い妓《こ》だった。ある夜、学生風の若い男をあがらせた。泊ったその学生は明け方になっても起きない。清子もわきに大いびきをかいて寝ていた。いくら起しても二人が目がさめないので、医者をよんだ。二人とも睡眠薬自殺をはかったことがわかった。一げんの客が、道づれに一夜の妓に呑ませたのだった。おそらく、清子が小用にたったスキをみて、クスリを水に混入したらしい。

この客は病院へつれこまれて命はとりとめたが、逆に清子の方が死んだのであった。かつ枝は、身よりのなかった清子の死骸を、北山の火葬場で焼いた日のことを思いだすと、夕子のその夜の奇妙な挙動は当然気になった。

敬子を帳場によんで、かつ枝はいった。

「けったいな顔いろやったし、櫟田はんが何かかわるさしやはったゝとちがうやろか」

「まさか、お母《か》はん」

と敬子は、この時なぜか櫟田を弁護するような立場にたった。

「あの学生はんは、人相は悪うおすけど、そんなことをしやはるお人やありませんよ」

「敬ちゃん」

かつ枝は、唇をつき出すようにして低声でいった。

「あんたな、となりの部屋にいて、夕ちゃんと櫟田はんのひそひそ話、なんかきいたことあらへんか」

「そんなことをきいたことあらしまへんけど、夕ちゃんはあの学生はんを好いてますし、櫟田はんも、再々あがってきてはりまっさかい、やっぱり夕ちゃんが好きなんとちがいますやろか」

「好き同士やから、ひょっとしたらということもあるやないか」

とかつ枝はこめかみをぴくりとさせていった。この時、不意に口をついて出たのは、胸に秘めていた言葉だった。

「鳳閣寺の小僧はんが、何かわるいことをしやはったンかもしれへんえ……あの子を道づれにしようとしやはったンかもしれへんえ」

敬子はびっくりしたようにかつ枝をみた。

「お母はん、あの櫟田はんは鳳閣寺さんの……」

眼を丸くしてきいた。

「そうやがな、夕ちゃんにいわんときや。あたしだけが知ってたンやさかい……」

「鳳閣寺の小僧はんが……まさか、夕ちゃんといっしょにクスリ呑んで死ぬなんて……そんなこと、お母はん」

敬子は一笑に付した。

「そら、クスリいうたかて、お母はん、風邪薬やったら少しぐらいは眠り薬が入ってまっせ。それをわけてもらわはって、夕ちゃん、疲れていたンで呑んでみやはったんどすやろ。そしたら、すやすや眠てしまわはったンとちがいますか」

「そうやろか、そんなんやったらええけど、心配やわ」

とかつ枝はまだ胸の動悸が静まらないらしかった。

かつ枝はその夜は、夕子のことが心配で眠れなかった。翌朝になると、当人の夕子は何でもなかったような顔で起きてきていた。寝足りた顔でみんなといっしょに食事をした。かつ枝はその夕子の横顔をみていると、どことなくこの二、三日前から顔色の冴えないような気もしてくる。

「夕ちゃん、お食事すまはったら、ちょっとあたしのお部屋へ来てんか」

かつ枝は敬子に眼くばせしておいて、自分が先に部屋に入った。夕子は蒼い顔をしてついて来たが、部屋に入るなり、

「お母はん、ゆうべはすみまへんどした」

といって頭を下げた。最初から、そう詫びられると、かつ枝は用意していた言葉を出すのに拍子抜けがした。が、いってしまわねばならないことがあった。

「夕ちゃん、あんた、どこぞ、軀がわるいんとちがうか」

と先ず訊いた。

「………」

夕子はだまってかつ枝の白髪のまじった頭をみていたが、やがて、間をおいてぽそりといった。

「どこがわるいて、あたし知らんのどすけど、時々寝汗をかきますねん、おふとんがじっとり湿ってることがあります。何やしらん、手ェの先も足の先も、神経が死んだような気持がするときがおます。それで、このあいだも、そんなこと櫟田はんにはなしたンどすがな」

「………」

かつ枝はじろっと夕子の眼をみた。夕子は無心な眼をぱちりとひらいてつづける。

「ほしたら、櫟田はんは何やら、外国語でいうパスとかいうクスリもってきてくれはったンどすねや。それ、水といっしょに呑んだンどすのや。ほしたら、あんなことになりましたンや」

聞きようによっては、櫟田正順が、夕子の病気のことを心配して、何か妙薬をもってきて呑ませたということになる。しかし、あのみすぼらしい学生が、そんな外国の高価な薬が入手できるというのも変に思えるし、だいいち寺の小僧ではないか。竹末甚造がいったように、どうして十日とあげずに廓へ通う金があるだろう。薬を買った金も勿論だ。

「夕ちゃん」

と、かつ枝は勇気をだして聞いてみた。

「あんた、あの櫟田はんは、鳳閣寺さんの小僧さんやろ」

「………」

夕子は瞬間、つりあがった眼を光らせてかつ枝をにらんだ。しかし、すぐ、やわらいだ眼にもどると、

「へえ、そうどす」

とこたえた。

「あんた、あの人と前から知り合《お》うてはったんか」

かつ枝の口調には心もち針があった。

「そうやないとおかしいわな。あの人、はじめて来やはった時から、あんたをお名ざしやった。あんたがここへ出てはるいうこと、どないして知らはったんやろ。けったいなことや思うとったんやけど、あんた、どこで知り合うたんや、いうてきかして」

つめるように語尾をふるわせるかつ枝に、夕子は素直におびえを現わした。眼を伏せてしば

らくだまっていたが、いいにくそうな口もとで、

「お母はん。櫟田はんは、あたしは前から知ってましたンどす。あの人は、与謝の浄昌寺のお子さんどすねン」

とぽつりといった。かつ枝はあっと声を立てそうになった。

〈やっぱり樽泊で知りあっていたのか——しかも、浄昌寺の子だったのか……〉

「そうかァ、それで、浄昌寺の小僧はんにここへ来たこと知らせたンかいな」

「へえ、あたしから知らせたンどすねン」

かつ枝は意外なという気がした。首をかしげざるを得ない。

「ほんなら、あの人はあんたのハガキみてどないいわはった。こんなところへあんたが来たことを何にもいわんと、あんたのお花を買いにきやはったンか」

「お母《か》はん」

急に胸苦しくなったように夕子は、こみあげるものをこらえながらいった。

「櫟田はんは、あたしの軀を買いにきやはったんとちがいます。あたしがあの人に、軀をあげようういうたンどすえ」

かつ枝は夕子のいった言葉にどきりとした。

「あんたがあげるて……何をいな……」

「うちの軀どすねん。あの人を、あたしは好きなんどす。お母はん」

夕子は澄んだ眼をきっとひらいていった。かつ枝はふるえた。

「そんなら、あんた」

つきあげてくる怒りに似たものをかつ枝はこらえながらいった。

「お帳場へはらわはる時間花のお金は、誰が出してはったんや」

「へえ、あたしが出す時もありました。櫟田はんが出さはる時もおましたけど、あの人はお寺の小僧はんやさかい、そないお金はあらしまへん。そうやよってに、うちが払う日もおましたし、あの人が払わはる日もおました。みんなあたしがあの人をよんでたンどすねン」

かつ枝はあきれたように息をのんで夕子の顔をみつめた。

〈わるがしこい小僧や。小娘をだまして……娼妓の紐になっとった……〉

頭に走ったのは、五番町の同業者から、時々妓の紐になっていた男の話をきくことであった。そんな男は屑のような男だと毛嫌いしているのだ。

「夕ちゃん、いっとくけどな」

とかつ枝は、しんみりした口調になっていった。

「あんたは、大事な軀なンやでェ。お母はんの病気も早うなおしたげんならん。妹さんらが大きくなるまで、息災で働かんならん身の上や。若いうちに苦労せんならん。ここへきたんも、みんなお金のためや。貯金をして、何か、ひとつ堅気な商売でもひらくとか、そんな心づもりで働いてるお金やさかい、無駄にしてはならんのやないか。男はんのことなど考えるヒマなどないはずえ、夕ちゃん」

「………」

「いやな竹末はんに軀を売って……そのお金をあんたはちゃんと与謝へ送ったげたやろ。夕ちゃん。あたしがつくってあげた貯金通帳に、その後、お客さんからもろたお金をあずけてるやろ、いっぺんみせてんか」

「………」

夕子はだまってうなだれている。かつ枝はつづけた。

「いくら幼馴染みの学生はんやいうたかて、血ィの出る思いして稼いだお金で、あの人にあそんであげんならん義理でもあるのんか、夕ちゃん」

「へえ」

と夕子は低い力のない声で、意志をはっきり示すようにいった。

「すんまへん。あたしがわるかったんどす。お母《か》はん。櫟田はんをうちへよんだンはみんなあたしどすねン。お母はん、かんにんしとくれやす。あたしは、何も、働いたお金を無駄使いしてたンとちがいます。櫟田はんはかわいそうなお人どす。気の毒なお方やから、あたしが助けてあげただけなんどす」

「あんた」

と、かつ枝はまた憎悪をこめた口調になっていった。

「あのどもりのどこが好きなんかいな、いうとみ。うちら、あんなむっつりした人は好かんのに……あんたは、なんであんな人好きなんえ、夕ちゃん」

「お母はん」

と夕子は怒りをおびた声になった。

「櫟田はんはものがいえんのどす」

「…………?」

「櫟田はんは人前で物をいうと、人にわからんような言葉になりますねン、ひどい、ひどい、い、い、どもりどすねン」

「…………?」

「鳳閣寺はんには大勢小僧はんがいやはるそうどす。櫟田はんは中学を出るとすぐに、与謝から京へきて、鳳閣寺の小僧はんにならはりましたんどす。せやけど、天性のどもりですよってに、みんなから阿呆にされはって……ひどい目ェにおうて、大きゅうならはったンどすがな。けど、そのために、ひねてしもうて……人さんの顔をよう見んほど、卑屈な気持で生きてきやはりましたんや。お経さんもよむのに、大きな苦労やいうといやした。あの人は今でも鳳閣寺で、えろう苦労してはるんどす、お母はん」

「大学へ入れてもろてはるんやろ」

とかつ枝は不服そうにいった。

「へえ、そら、禅宗の和尚さんになるためには、学校へゆかんならんのとちがいますか。せやけど、学校へいっても、みんなから阿呆にされてはりますねんや。物がよういえんのどす。せやさかい、勉強するのんもいややいうて、うちのところへあそびにきやはるのんどす」

「夕ちゃん。それは、あのおひとの勝手や」

とかつ枝は言葉尻をとったようにいった。

「いくらどもりやからいうて、世の中には出世してはる人もいくらもあるえ。人間どんな人でも欠点ちゅうもンはあるもンやな。その欠点を自分の力で逆に生かすのが生きるよろこびやおへんか。それを、ひねくれてしもうて、人さんを恨んでくらすなんて間違いや」

「せやけど、お母はん」

夕子ははりつめた声になっていった。

「あの人のことをよく知らはったら、お母はんもきっと同情しやはるようになりまっしゃろ。あの人は浄昌寺にうまれはったいうけど、ほんとうは、お寺はんの子ォやおへん。あたしのようにどこぞの貧乏な家の次男坊にうまれはって、赤ん坊の時に、お寺はんへもらわれたにちがいないいうてはります。自分でも、お母はんのいわはることを信じてはらしまへんのどす」

「お母はんを信じてはらへんて、自分を生んでくれはったお母はんを……誰や思うてはんのんや」

「そうどす。わるいお母はんどすねや」

「わるいて……」

「へえ、櫟田はんを生まはってから、旦那はんが死なはったンを待ってたようにしてお寺はんへ再婚してきやはりましてン。つまり、つれ子してゆかはったわけどすねン。旦那はんの死なはる前にもう、次の人と出来てはりましてン」

「お母はんは、浄昌寺へ嫁入りしやはったンやないのンか」

「そうどすねや。今の和尚さんは、櫟田はんの本当のお父さんやおへん、お母さんを横取りした人どすねン」

かつ枝はまた、ここで、あの割れたような声をだして、伊作の棺桶に向って引導をわたした、背の高い浅黒い顔の和尚を思いだした。

「ほしたら、あの和尚さんに、子ォはないのン」

「へえ、出来ィしまへんのどす」

「すると、櫟田はんが、あのお寺さんの跡取りいうことになるなァ」

「そうどす。けど、櫟田はんは田舎へ去《い》ぬのはイヤや、京で暮すつもりやいうてはります。このごろの坊さんの生活みてると、いやになる。坊さんになりとうない。そないいうて毎日酒のんで……五番町へばっかり来やはんのどす」

「不良学生やな、つまり」

とかつ枝は吐きだすようにいった。

「夕ちゃん、あんたは幼馴染みやさかい、あの人のことというと、何にもかもなつかしいばっかりに、一生懸命庇護しやはる。けど、大人の眼ェからみたら、櫟田はんは、ただのひねくれ坊さんとしか思えへんえ。そんな危険思想の坊さんが好きやというなら、あんたもまた苦労せんならんえ、夕ちゃん」

「うちは苦労は馴れとります。お母はん。うちは、櫟田はんが、元気を出してくれはって、世の中を明るう思わはる日ィまで、つきおうていたげよ思うてますだけどす。お母はん、あの人にはこの世の中に友だちは一人もおへん。あの人に相談してあげる人はどこにもおへん。ほんまに孤独なひとどっせ」

かつ枝は、いつになく熱っぽい口調でいいつづける夕子に、正直のところ、このような強いところがあったのかと見直す思いが走った。夕子が、櫟田にひかれるのは自分と似たような境遇であるからだろう。しかし、かつ枝は、そのような夕子の心は理解できても、その心が美しいと思える年頃ではなかった。なるべく、この娘にだけは廻り道はさせたくないという、かつ枝なりの愛情があったのである。

「夕ちゃん、あたしはあんたの稼がはるお金をかすめる人が憎いのンや。血ィを売ったようなお金やないか。でもあんたが稼がはったお金やし、何に使おうと文句いうひとはあらへんけど、あんたがかわいそうな気がするさかい、いうだけのことやのに。あんたがそれで幸福《しあわせ》やったら何もいうことない。けどな、夕ちゃん。大人のいうこともきくもんえ」

と、かつ枝は、いっときに夕子の考えを改めさせることは難事だと判断して、下手に出ていってみるのであった。すると、夕子は急に顔に両手をあててむせびはじめた。すき透ったような指の間から、とぎれとぎれに声がした。その声は、かつ枝の耳を鞭でたたくように打った。

「お母はん、櫟田はんは時間花とらはっても、あたいとげんつけはったことおへんえ。あの人は、うちとおふとんの中で、何にもせんと、ただ寝ていかはるだけどすえ」

夕子のすすり泣く声は、かつ枝の胸をつきさした。

八

真冬の最中に、雪の降る道を、素足に草鞋《わらじ》を履き、頭陀袋《ずだぶくろ》を下げて、京の町を托鉢《たくはつ》に廻ってくる雲水をみていてさえも、かつ枝は、禅宗寺院の小僧さんの修行は辛いものだということがよくわかった。

雲水は、四、五人一列になって、この五番町にも托鉢してきた。中には、表通りに面した妓楼の二階などで、娼妓の笑い声がしたりすると、網代笠《あじろがさ》の下から流し目を送っている僧もいたけれど、よくみると、一列になった最後尾には、年輩の僧がいて、前を歩く僧に眼を光らしている。

僧堂の修行も、朝は四時に起き、勤行《ごんぎょう》をすませて、激しい作務に従事するということである。沢庵漬と水っぽいお粥が主食であってみれば、いつも空腹をかかえて坐禅を組んでいなければならないわけであろう。

かつ枝は、上七軒時代から、西陣に住んでいるから、町を訪ねてくる妙心寺や、天竜寺や、大徳寺などの雲水の、頭陀袋の被いに白く染めぬかれた「妙心僧堂」「天竜僧堂」「大徳僧堂」などという字は読みなれていた。聞けば、禅寺の住職となるためには、あのような修行を少なくとも四、五年は積まなければならない。

鳳閣寺の小僧の櫟田正順も、やがては大学を卒業すれば、あのような雲水生活を送るのではないか、と思った。ところが、夕子の口から、その櫟田が鳳閣寺に住みながらも、自分がどもりなので他人に馬鹿にされることへの反撥から、禅宗の寺の現状に疑問をもちはじめ、僧侶の修行生活に反感をもっているときいてびっくりしたのである。

かつ枝は、新聞や、雑誌をよんでいて、時々眼につくアプレゲールという片仮名の言葉が、戦後という意味だと知り、理由もなしに、人に乱暴を働いたり、盗みをしたり、あるいはまた、成人にも達しないのに女と同棲生活をはじめている若者のことを、そのようによぶのだということも知っていた。

〈櫟田はんも、アプレゲールの坊《ぼん》さんや……〉

かつ枝はそのように判断した。すると、アプレゲールの櫟田に、夕子が清純な気持を抱いて、花代を立てかえてまで、寝かしてやっているという事実をどう理解すればよかったろう。

なるほど、櫟田は暗い翳を負った顔をしていた。あぐらをかいた小さな鼻。浅黒い首すじ。黒い耳。ひっこんだ鋭い目。心もちうつむいて歩く卑屈な歩き方。それらを見ると、夕子のいった、出生にまつわる暗い屈辱感に耐えて生きてきたことが想像できる。

〈……気の毒な子ォや……〉とかつ枝は思うが、しかし、そのような櫟田に同情を寄せて、廓で働いた金を貢いでいる夕子にいっそう哀れを感じた。同時に、またおろかさも感じないではおれない。

しかし、夕子が、これまでになく、強い反撥をも含んで、かつ枝にいった言葉は、それが、瞬間的なものでないことをかつ枝に感じさせた。時間がたてば、気づいて思いあらためてくれるという風なものではないのであった。

かつ枝は、櫟田と夕子とをこのままにしておくと、ますます、櫟田の足は夕霧楼へくるようになり、夕子も櫟田につくすことによって、廓生活を櫟田との交情でまぎらわしてゆくような気がした。とすれば、夕子が可哀相でならぬ。

夕子には与謝の村がある。木樵の三左衛門や、病身の母親に送金しなければならない責任がある。いつまでも、廓生活をつづけてゆくことは考えねばならない。ゆくゆくはこんな生活はきりあげて、堅気な仕事に落ちつくべきだ。かつ枝は夕子がそのようになるのなら、どんな援助も惜しまないつもりでいる。

夕霧楼へきた最初に、竹末甚造が夕子を見染め、あのような態度に出た時も、生返事をして聞き入れなかったのもそのためだ。櫟田のような禅坊主の卵に、夕子が軀を蝕《むしば》まれてゆくより、甚造の妾で暮した方がどれだけいいか、わかったもんではないと、今になって思う。

そんなことを考えている矢先だった。北野天満宮の梅花祭でにぎわった二十五日がすみ、千本通りや、中立売の店々で春の売出しがはじまり、チンドン屋の太鼓の音が喧しく行きかいはじめた二十六日の午後六時ごろであった。みぞれのまじった小雨の中を、竹末甚造が、ちょこちょこ歩きの気ぜわしげな下駄音をさせて、夕霧楼に現われた。

甚造は、黒っぽい袷の上に、焦茶の羅紗の被布《ひふ》を羽織り、鼠色のソフト帽をかぶっていた。みぞれ雪で重くなった洋傘を表の間ではらいながら、まだ溜り場に妓《おんな》たちの見えないのをチラとみてから、表にせりだした丸椅子の下に、股あぶりの瀬戸火鉢を置いて、ちぢかむように紅い湯文字の出た裾をあぶっているお新のわきへきて、

「夕子はおるか」

といつになくしんみりした声できいた。お新は、蒼黒い隈のでた顔を精一杯微笑ませて、

「いやはりまっせ。今日はえろう早よおすな」

といった。

「ほんなら、おかつはおるか」

「おかみさんもいやはりまっせ。奥でコタツに入ってはりますわ」

「えらい静かやな」

と甚造はひとり言をいって、勝手知った上り口から、ちょこちょこと帳場を横切り、境目の襖の手前から、おかつ、とよんですぐに開けた。かつ枝はコタツのわきに長火鉢をひきよせ、

鉄瓶の音をききながら、うとうとしていた眼をあげた。甚造は反対側へどっかり坐ると、足を入れてきた。

「今日はな、お前に相談があるんや」

いつになく、真剣な顔だった。

「なんどすねン、相談て」

「夕子のことや」

またかと思ったが、しかし、かつ枝は二、三日来のこともあるので少し心がうごいた。

「あのな。わいは、鳳閣寺のな、あの若僧のことをしらべてみたンや」

甚造は低声になって、かつ枝の顔に額をくっつけるようにしていった。かつ枝は顔を歪めた。

「そんなことすると、あれにはもてンとお前はいうかもしれんけどな、気ィになったもんやさかいな……燈全寺の本山へいったついでにしらべてみたんや」

「………」

かつ枝はだまって耳をたてている。

「ほしたら、あの小僧は鳳閣寺はんの長老はんの弟子のうちでは、まあ、ええ方でな。普通なら中学出ただけで、僧堂へゆかんならんところを、大学へまでゆかしてもろとるらしいねんやな。説明せんとわからんやろさかい、くわしくいうとな」

と、甚造は被布の袂から朝日をとり出して、吸い口をひねって火をつけた。

「鳳閣寺はんにはいま九人の小僧はんがいやはるんや。その中で、あの櫟田は上から三ばん目やそうや。与謝の方の中学を出てな、そこで、ええ成績やったそうやが。あないにむくねんとした顔しとっても、ここはええとみえてな、（と甚造は先のとがったはげ頭をたたいてみせた）長老はんに見込まれて、上総《かみふさ》の大学へ入れてもろてはンのやな。大学でも成績はまあ上の部らしい。せやけんど、ひどいどもりで口がきけん。無口でつき合いにくい性質とみえてな。本山でも小僧仲間から毛嫌いされとる。ま、孤独な男らしいねんやな。なんでも与謝の方のたいへんな貧乏寺の子ォに生れとる。そんな貧乏寺から、女郎買いするような銭を送ってくるはずはない。ここへくる銭は学校をサボってな、何やしらんけど、アルバイトみたいな、かつぎ屋みたいなことして儲けてるらしいんや。最近になって、それが長老はんにばれてな、大叱られしたそうや。気のつよい、反抗心の旺盛な子とみえて、叱られれば叱られるほど、ぐれてゆくようなとこがあるらしい。本山で一日と十五日に祝聖《しゆくしん》いうてな、法堂《はつとう》でお経さんあげんならん日ィがあって、市内の末寺から小僧はんが交代であつまらはる。櫟田はついぞ出てきたことあらへん。鳳閣寺は出とっても、お前、衣と袈裟はカバンの中へ入れて、ぽいと、どこか下総《しもふさ》のうどん屋あたりへあずけてしもてな、闇屋の仲間に入って銭儲けしとる。妙な小僧やな」

「………」

かつ枝はうなずいていた。夕子のはなしと符合するところがある。甚造の説明に耳をかたむけた。

「おかつ、わしは、そこで、宗務所の坊さんにいうたった。あの櫟田は、十日にいっぺんほど、五番町へゆきよって、夕霧の妓《こ》ォにうつつをぬかしとる。そんなことが世間に知れたら、鳳閣さんも、評判おとしまっせいうたった」

「……」

かつ枝はごくりとつばを呑んだ。

「そないいうたらな、役僧さんは、〈そらえらいこっちゃ。まだ学生の分際で、長老さんから月謝も小遣いももろとる修行の身で、五番町なんぞへゆきづめとはけしからん。さっそく、鳳閣寺和尚にいわんならん〉いうてな、どえらい剣幕やった。おかつ」

甚造はそういうと、ちょっとうしろの障子を気にした。

「夕子も、お前、あの櫟田に参っとるとこがあるらしいさかいな。櫟田が、来んようになれば考えもかわるかも知れへん。わしは、いうとくが、あの妓ォが欲しいために、そんな策略をしたンとちがうんやでェ。偶然や。展示会の会場借りたことで心やすくなった役僧さんにはなしただけやな。それに、こんどの三月の夏物の発表会もやっぱり燈全寺にきめたんや。ほれに、わしらの業界で、染友会ちゅうのがあってな、西陣の大手八社が毎年三月はじめに、客をよんで展示する新作発表会があるんやが、それの打合せに本山へいったンやな。その時、何がなし世間話が出たさい、わしの口がすべって出たンやけど、役僧の口からまさかそんな言葉が出るとは思うてへなんだ。あとで、ちょっとうしろめたい気ィもしたんけんど。かめへん、かめへん、どうせ、あとでわかるこっちゃさかい。修行中の坊主が、どこから銭を工面してくるンかしらんけど、女郎屋の妓ォに呆けとるのは、誰が考えてもよくない。見せしめや。わしがいうたことで、櫟田がもとへもどるんやったら、わるいことをしたことにならん、とそないに思いなおしてな……」

甚造は年に似合わない、しおらしげな眼をかつ枝になげて、かつ枝が鉄瓶の湯を淹れた青磁の湯呑みを両手にささげもって廻しながら、うまそうにすすった。

「夕アさん」

かつ枝はいった。

「そら、あんた、ええことしやはった。おせっかいやいうても、してええこととわるいことがおますな。せやけど、今度の場合はよろしやおへんか。うちらでも、そない思いもしてたもん。あんな若い身ィで、世話になってる和尚さんから、鳳閣寺さんの悪口までいうてはるようなこっては、ええ坊さんになれしまへん」

「…………」

竹末甚造は眼を光らせた。

「なんか、そんなことを夕子にあいつはいうとるゝかいな」

足を奥の方へつき入れてきた。かつ枝は、股裏にさわった甚造の足を押しのけて、つまらぬことをいってしまったとふと後悔した。しかし、かけぶとんの下の間のわるさも手伝って、こっくりうなずいているしか仕方がない。

「そうどす。くわしいことは、べつに夕ちゃんの口からきいたわけやおへんけどな。とにかく、反抗心のつよい人らしおす。タアさんの聞いてきやはったとおり、あの人は与謝の方の人らしおす」

といった。

「与謝の……ほしたら、おかつ、伊作さんの村はどこやったかいな」

ときいてくる。

「樽泊どす」

「その樽泊とちかいのんか」

「くわしくはきいてェしまへんけど、与謝やいうさかい、近いのゝとちがいまっか」

「ほうか」

と甚造は、ほかのことを考えるような顔で何どもうなずいた。

「やっぱりそうか」

とまた大きくうなずいて、うしろの障子の方を気にしている。夕子と櫟田が仲よくなったわけは、故郷が近いからだったのかと、甚造も今になって感づいた顔だ。かつ枝は甚造のその顔つきをよんで、

「夕アさん、どうどす、その後、あんた、夕子ちゃんとどないですねン。うまくいってますのンか」

ときいた。

「うん」

と、甚造は湯呑みを置いて、にやりと眼尻をやわらげた。

「果報は寝て待てやな。そないにあせってもどうなるもンでもない。わしはあの妓に二万円の投資がしてあるさかいな。株ちゅうもンは、下っても、放っておけば、いつのまにやらまた上ってくるもンや。時機がきたら買いに出る。まあ、そういうもんや。おかつ」

とその眼に、また真剣な光りをうかべて甚造はつづけた。

「わしも、ぼちぼち考えんならん年や。伊作さんがええ見本やしな。棺桶へ半分足つっこむようになってから、死に水をとってくれる女ごを探さんならんようなことでは、人間は味けないわな。そこで、このごろひとりで寝てて考えるんやが、夕子やったら、わしは何もいうことは

ない。気性のおとなしいええ子やさかい、面倒もみてくれるやろ思う。けど、あの子はまだ、お前のいうように金のありがたみちゅうもンを知らん。若いさかい無理もないんや。いまに、わかる時がくる思うが」

「そうどっしゃろか」

といってから、かつ枝は、いま、ここで、竹末甚造の腹の中をはっきり聞いておく必要があると思った。夕子をあのままにしておくと櫟田にとられかねない。甚造が最初のような情熱をまだもっていてくれるのなら、この際、積極的に甚造の後押しをして、夕子を竹の二号におさめてしまった方がいいではないか、という気がしてくる。

「タアさん」

かつ枝は猫撫で声でいった。

「じつは、あたしも考えたんどすけどな。あないに、若いアプレゲールの小僧さんと仲よしになるのも考えもンどっしゃろ。鳳閣寺さんがあの子を叱らはって、うちへこんようにしてしまわはったら、タアさん、あんたのいわはる買いに出る機《おり》やおへんか。あんた、冗談のようにいつもぬらくらしてはるけど、ほんまにあの妓と一生、これから、暮してゆかはるつもりどすかいな」

「あの子がうんいえばな」

と甚造は慎重な眼をなげていった。

「はたからやいやいうて、無理にはなしをあどめてもあかんわいな、おかつ。本人が心からわしのところへ来とうなった時こそ、わしの買いの機がきたいうわけや。わしも、今出川で、毎晩考えとる。若い息子夫婦は、お前、苦労もせんと、店を全部もろて、まるで、自分らァが、店を背負って商売してきたような顔しとる。わしはみていて、淋しゅうなるぜ。わしが小っちゃいころ、十三から、西陣へ奉公にきてや、丁稚して、一生懸命、人の心をよみとるすべをおぼえて、つらい目ェして、ようよう今日のあないな店にした。死んだ嬶《かか》は、そら、わしの苦労はよく知っとった。せやけど、今の店の者の中で、わしの積んできた苦労が、どんなもンやったか知っとる者はひとりもおらん。わしを古い爺《じじい》やというてしまう。息子は大学を出してやったおかげで、マンドリンたらいうもンにこりよって、けさも、嫁をつれて、大阪の劇場へ、音楽会があるいうて行きよった。そんなうしろ姿をみとると、つくづく代がかわったなと思うと同時に、わしは死んだ嬶のほかに、わしの心の中までわけ入ってきてくれた身内は、一人もおらなんだと思うようになった……伊作さんも、そうやったなァ」

と甚造はしんみりした口調になっていった。

「あの人と、わしは上七軒の『仲里』でいっしょに芸妓をあげたこともあるで気性はよく知っとったが、五番町で夕霧ちゅえば、一流どこの妓楼やった。それを経営しながら、つまらん、

つまらん、商売はつまらん、いろいろと苦労をして、あないな店を張るところまできたけんど、わしの心の中を知ってくれるもンは誰もおらん……そんなこというて、わしにこぼしとった……つまり、今になってわしも伊作さんの心境になったわけやな……」

かつ枝は与謝に疎開したまま、京へ帰ろうとしなかった伊作の手紙を、何通も、八畳の押入れの中の文庫にしまいこんでいる。なるほど、伊作は老年になってから、その淋しさを顔に出すようになっていた。脚気に加うるに神経痛ということもあったが、地べたを素足で踏む暮しがしてみたいといって、戦争のきびしい真最中に、あの与謝の在所へ帰っていったのであった。

晩年の伊作には妻はなかった。孤独な最期であった。かつ枝は、うしろの仏壇にまつってある、樽泊からスーツケースに入れてもち帰った位牌をみるたびに、この人は淋しい人だったと思わないではおれない。いまそれを甚造にいいあてられた。

「タアさん、ほんまどすなァ」

とかつ枝はいった。

「あの人は淋しい人どした。うちは、正妻でも何でもおへなんだけど、死なはる七年前にもう、こんな商売イヤ気がさしたいうて、ぽいと夕霧をわたしに呉《く》れはったンどすがな……ほして、自分は与謝へ去《い》んで……のんびりした暮しをしたいいうて、帰らはって六年目どす。ぽっくり……浜のみえる坂道の上で倒れはりました」

かつ枝は眼頭がうるんでくるのをこらえながらいった。

「タアさんも同じようなお心や思うと、あたしはひとごとやおへんえ。あんたが夕子に、そない思うてくれはることは嬉しおすけど、それではあんた、上七軒の菊市はんをどないしやはりますねん」

「菊市か」

と甚造はいった。

「菊市は夕子とはちがうわな。あれは、気性がちがう。お茶っぴいで、浮気で、計算も高い。ほっといてもひとりで喰う女ごや。世間は、わしと、深い仲やいうけんども、わしはそないに、あれと月に何ども会《お》うてへん。まあ、気らくなスポンサーいうとこや。近ごろの置屋もなかなか変ってきてな。お前らのいた時のようなことはないぜ。やっぱり組合が出けて、芸妓本位の商売になりよった。せやさかい、旦那ちゅうような制度は、あってないようなもンやな。いくら旦那が出来てもや、奉公人から一本にしてもろても、たかが三十万ぐらいの相場やないか。それで一生をどうのと、考えるような古風な妓はおらん。スポンサーがついたと思うぐらいや。それに近ごろの妓は、スポンサーのほかに恋愛の相手をみつけよる。つまり、銭の方は旦那に出してもろて、ようよう、一本になって、気ずい気ままに外へ出られるように、着物もそろい、町内への顔もたててもらうと、こんどは座敷へ出て、恋愛の相手をさがすんやな。つまり、夕子にしてみると、櫟田や。そんな若い男を咥《くわ》えこんで、やれ海水浴や、やれ旅行やとかいうて、一日、金持ちの娘みたいな赤いネッカチーフで首すじまいてあそんできよる。スポンサーはそれを指くわえて見てるわけや」

「へーえ、ほしたら、菊市はんも」

「せやな、あいつにはいま、二、三人恋愛中の男がおるやろ。わしは相手の銀行の男も、同じ西陣の仲間のドラ息子の顔もみんな知っとる。知っとるけど、菊市にいうたことはない。菊市もまた、わしにそないにおぶさるつもりはないらしい。ちかごろは、はげちゃっぴんの旦那は時代おくれやな、四十代の少壮実業家の方が気前がええ言いくさる」

「へーえ」

とかつ枝はあきれて、いわれるとおりかも知れないと思う。かつ枝の奉公に出たころは、つとめもきびしかった。一人前になるまでは、姉芸妓に行儀を教えこまれて、気ままをいって、何ど叱られたかしれやしない。

「ほんまに、そうどすな。いまのわかい人は、よろしおすな」

とかつ枝はいって甚造の顔をみた。

「そういうわけやさかい、菊市にはわしは未練はない。未練があるのは、あれや」

と、障子をあごでしゃくると、甚造は二寸ほど隙間をあけて、庭先をみた。

雪見燈籠にお新がつけた灯がともり、いま、その燈籠の下の、セメントでつくった瓢箪池の水に、牡丹雪がななめにふりかかっている。縞目にふりかかる雪は音もたてず、池の面に散るようにして消えていた。

「おかつ、雪になった」

と甚造はいうと、かつ枝の顔を真顔でみつめて、

「夕子の部屋にもコタツをしてくれ。わしは、今晩はあの妓と一本つけて呑むことにするわ。天六から、すし種でも二人前とって配達させてくれんか。いや、そうや、三人前やった。一人前はお前、ひとりで、ここでたべんか」

にやりと笑うと甚造は立ち上った。障子をあけると、ますます降りしきる雪だった。

「縁起がよろしおっせ。夕アさん。白いもンがふると、景気がよろしおす。死なはった伊ィさんがようそないにいうてはりました」

かつ枝は、おお寒ぶ寒ぶと、大げさに袖口につっ込んだ手を合わせて帳場へ走りこむと、受話器をとって、天六へダイヤルを廻した。

片桐夕子が、最初の喀血をしたのは、京の町が凍てるような寒い一日のことであった。

その日の朝は、夕子は、ほかの娼妓たちといっしょに、おそい食事をすませて部屋にもどっ

ていたが、いつものように、食事がすむと、映画をみたり下《しも》へ買い物に出る組と、夕霧楼にのこって洗濯したり、縫いものをしたりする組とに別れるのだが、その日は、敬子と二人だけ隣りあわせて部屋にいた。

敬子は本棚から、新しく配達されてきた令女苑をとり出し、ぺらぺらと目次を繰って、巻頭の女性評論家が発表している、廃娼問題と現代風俗なる一文に興味をもって、読み入っていたのだが、とつぜん、壁をとおして夕子の部屋から、

「お姉さん、敬子姉さん」

と二ど自分の名をよぶ声をきいた。敬子は雑誌を閉じて、耳をすました。バタンと畳にお尻をすえるような音がして、すぐにまたシンと静かになった。

「夕ちゃん、何え」

と敬子は壁に向って呼んでみたが、返事がない。敬子は胸さわぎをおぼえた。

縁に出て、障子の外から、

「夕ちゃん、何え」

とまた声をかけた。中からはことりとも音がしない。しばらく耳をすましていると、なにやら、紙をさく音がして、息づかいの荒い、夕子の苦しむような気配があった。

「夕ちゃん」

敬子は不審に思って障子をあけた。夕子はうつ伏せになっていた。お尻を立て、向うの床へ頭を下げて、じっとしていた。

「どないしたん、夕ちゃん、びっくりするやないか」

頭の方にまわって敬子が覗いてみると、夕子は、口もとにチリ紙をあててむせんでいる。覗いた敬子ははっとした。夕子の頬ぺたから鼻すじにかけ、血がべっとりついていたからである。

敬子は障子をあけ放しにしたままで、帳場へ走りこんだ。折悪しく、かつ枝は組合の事務所と検番へ出かけて不在。台所に片眼のおみねしかいなかった。

「お婆さん、たいへん、お医者はんへいっとくれやす」

二階へかけ上ったが、七人の妓《おんな》は誰もいなかった。みんな映画へ行ったあとだった。医者のきたのは三十分もしてからである。千本丸太町を上った市電通りから、猿町という内科医が、年輩の看護婦をつれてきた。手当をしたが、血は肺からと診断された。

検番へ電話がかかって、かつ枝が走って帰った時は、夕子は蒲団の上に寝かされていた。医者が処置を終えて、手を洗っている時だった。

「血を吐く方がかえっていいんですよ」

と医者は案外明るい口調でいっている。

「とにかく安静にしておいて下さい。ビタミンKを多量に打っておきましたからね、安静にしてさえおれば、血はとまります。血がとまったらそのあとで入院なさるとか、自宅療養なさるとか、よく相談してきめてもらわねばなりませんがね。……心配したことはありません、血の出る胸はかえって安心なんです」

四十年輩の医者は、呼吸器病には自信があるといった。

「近ごろはよく効く新薬が出ていましてね、昔のように、肺病で死ぬというようなことはなくなっています。自宅で寝ておられても、快癒はできますよ……」

といって、医者は夕子の部屋のまわりを見まわしながら、

「陽当りのいいお部屋へ、うつしてもらうんですなァ」

と冷たい口調でいった。足もとがふるえて、物もいえずにつっ立っていたかつ枝は、その医者の言葉を聞きながら、ようよう来るべき日がやってきたという思いが走った。正直のところ、樽泊の村で三左衛門に会った時、この娘だけは健康ですと、いやに力を入れて夕子のことをいった言葉が、気になっていたのであった。

村の日蔭の家には、かならずのように肺のわるい人が寝ているといった伊作の言葉もふくめて、夕子の母親がじっと寝たままでいるということも、少なからず不安にはなっていた。母親の病菌を夕子は京までもってきて、無意識のうちに蝕まれていたのだろうか。

「夕ちゃん」

かつ枝は医者が帰ったあとで、夕子の生気のない魚のような眼を見ていった。

「元気出すんやで、ええか。夕ちゃん。お医者はんは、何にも心配あらへんいわはったさかいな。すぐにようなるわな。安静にして寝てると血ィは出えへんようになる。よろしか。心配せんと、大舟に乗ったつもりで、寝てなはれ。よろしか」

と、かつ枝は眼頭を熱くしながらいった。

「夕ちゃん、与謝のこと思うたらあかんえ。与謝のこと思うたらかなしゅうなるさかいな、敬子はんやら、雛菊はんやら、あたしらのことばっかり思うて、気楽にしてなはい、ええか。与謝のお母《か》はんのこと思いだしたらあかんえ」

とかつ枝は涙をこらえていった。

夕子は、とろんとした草色の瞼の中に、うるんだ眼をしずかにみひらいて、

「お母はん」

と細い声でいった。

「すんまへんどす。お医者はんにかかったりして……お母はん、すんまへんどす。かんにんしとくれやすな。柳手提げの中に、貯金通帳が入ってますさかい。お母はん、それお母はんにあずけますさかい……病院へ入れておくれやすな。病院へゆきとおす」

かつ枝は夕子の遠慮げにいう言葉に胸がつまった。

「よろしゃ。あんたの稼がはったお金は大事にしとき。何も心配はいらん。検番からもいっぱい見舞金も出るやろさかい、府立でも、日赤でもどこでもええ。好きなとこへ入院さしたげる。せやけどな、当分は、ここで安静にしとらんとあかんえ」

と、かつ枝は押入れをあけて、夕子が与謝から下げてきた、古ぼけた柳製の手提げの、止め金のこわれたフタをあけてみた。手紙や、便箋などの詰めこまれた中から、見おぼえのある貯金通帳が出てきた。それは、あの日、千本丸太町で千円を奮発してつくってやった通帳であった。かつ枝はすぐに額面の記入された欄の、長い数字の行列に目を通した。

10月 7 日	1,000円
11月11日	3,000円
11月14日	3,000円
11月17日	6,000円
11月20日	3,000円
11月25日	3,000円
12月 1 日	3,000円
12月 5 日	10,000円
12月10日	3,000円
12月13日	5,000円
12月15日	3,000円
12月25日	7,000円
1 月10日	3,000円
1 月20日	10,000円
1 月30日	10,000円
2 月10日	5,000円
	78,000円

かつ枝は日付の欄と金額とを、いちいちよみすすんでいって、最後の合計の金額を見て息をつめた。通帳の上に、大粒の涙がいく滴も落ちた。

「七万八千円。あんた、ぎょうさん働いたンやなァ。毎月、千本へいって貯金してたン」

「………」

夕子は眼を閉じていた。白布の上に急に細くなったような白い掌を合わせて、静かにこういった。

「お母はん。好きなように、そのお金使《つこ》うて、あたしの軀をなおしとくれやす。お母はん、みんなにめいわくかけるといけまへんよってに、……早よ、病院へ入れてくれはるようたのんどくれやす」

夕子も涙滴を眼尻ににじませていた。透明な夕子の涙滴は、筋をひいて二本になり、耳へ流れた。

九

その夜、八時ごろ、かつ枝は、自分の部屋へ帳場の電話コードをひっぱってくると、今出川の竹末甚造に電話した。店員が出てきたので、

「大旦那はんいやはりまっか」

というと、すぐに甚造がかわって出てきた。

「なんや」

と、甚造は、声だけでかつ枝とわかったものか、横柄にいった。

「そばに誰《だれ》もおいやさしまへんか。ちょっとこみ入ったことはなしまっさかいな」

と、かつ枝はいったが、その声は心なし、甚造の、風呂上りの桃いろに色づいた下ぶくれの頬をぴくりと動かしたのだった。

「かめへん、何やねん」

甚造は不機嫌そうにいった。何か、店のことで面白くないことがあったのかもしれない。しかし、かつ枝は受話器に息がかかるほど口に押しつけていた。

「夕アさん、大変どすねや、夕子がたおれましたえ」

「…………」

「きこえますか、夕アさん。夕ちゃんがなァ、血ィはいて倒れはったンどす」

「…………」

甚造の声はなかった。

「夕アさん、どんな顔してきいてはりますねん。夕ちゃん、今日、みんなといっしょに御飯たべててな、ふだんのようにお部屋に下らはって間なしに、お部屋で血ィ吐いて、たおれはりましてん」

「胃ィか」

と甚造の声は、かすれてきこえた。

「胃ィやおへん。肺どす」

「………」

息をつめる音がきこえた。

「丸太町の猿町はんにきてもらいましたんやけどな。その時は、うちも、折わるう検番へいってましてな、留守しとったンどす。敬子はんがてきぱきしてくれはったンで、助かりましたンどすけど、お医者はんに注射打ってもろたらな、血ィはひとまずとまりました。びっくりしました。あの妓《こ》、やっぱり、お母はんのをもろてきてましたンやな」

「いま、どないしてんね」

と甚造はきいた。この時、何か甚造のうしろで声をかける人声があった。店で何か仕事がすまぬらしい気配である。

「いまはな、すやすや寝てはります。お医者はんは大事おへんいわはりますけど、やっぱり、病院へ入れんなりまへんな」

「………」

甚造はまた、息をつく声をつたわらせただけで、何もいわない。

「えろう、冷とおすな、タアさん」

とかつ枝はいった。

「なんや、こんなこと電話して、悪うおしたか。悪かったら、かんにんしとくれやっしゃ」

かつ枝は甚造が、言葉少なに、こちらのいうことを聞きながしているような気配なのは、店に取り込みがあるためか、それとも、病気にかかったひいき娼妓の相談など、うけてはおれんというつもりなのか、はかりかねた。

呆然としている甚造のふたつの顔が重なる思いがして眼をすえた。

「タアさん。あんたにはめいわくかけえしまへん。うちの妓ォどすさかい。お客さんに何してくれいうつもりはさらさらあらしまへん。あたしが責任みんなもちます。せやけど、いっぺんだけ、きたげとくれやすな。あの娘《こ》、このあいだ、天神さんのあくる日に雪の降った日がありましたやろ。タアさんとお酒呑んだ日どす。心地よう酔いましてン。めずらしゅ、あの娘、歌うとうて、上機嫌どしたな。あれから機嫌ようしてたのに、こんなことになるとは夢思いませんどした。前々から、肺がわるかったんどすな。そないに無理して、お客さんとってえしまへんなんだやけどな。どことのう、顔いろの冴えなんだんは、やっぱり肺がわるかったせいどすねや。お医者はんはな、このまま安静にして、起きられるようになったら、入院するか、自宅療養するか考えよいうてはるンどすけど、あの娘、かわいそうで、あたし、何でもしてやろ思います……せやけど吐かはった血ィ見てたら、つい心細うなってしもて……タアさんに電話してしもたンどすねや」

しばらく、甚造が咳をこらえるような音がつづき、やがて、ぜいぜいと吸う息がきこえた。甚造はその息音をとめてぽつりといった。

「そうか。わかった。いまな、店はえらい取り込みやねン。このあいだの展示会の注文の春物が、いっきに下請けからあがってきよってな。数量あたらんならんさかい、忙しいんや。梱包せんならんしな。やっぱり、わしが見とらんと、若いもンでは品物を粗末にしくさる。ほれで、さっきからがなりたてとったとこや。商売はどえらいうまいことゆきよった。札幌のな、東洋はんからも、三百本もの注文がきとる。間にあわんで、てんてこまいしとるんや。近ごろは下請けも気ィ強うなりよってな、昔の織屋のようにはいかんのやな。放ったらかしとくと、すぐ問屋をかえてしまいよる。よその仕事をしよるンやな」

かつ枝はきいていて、甚造はいま夕子どころではないのだとわかった。

「そうどすか。そらよろしおしたな」

といって吐息をついた。商売がそんなに忙しいのなら、結構なはなしだという意味と、あんなに夕子のことを好きだといっていたくせして、病気になったしらせに、そのような商売のはなしでもないと思ったのだった。甚造の腹がよめた気もした。

「ほな、切りまっせ。夕アさん」

かつ枝は、もうひと言、甚造から夕子あてに思いやりの言葉がほしかった。しかし、

「そうか」

と甚造はいっただけであった。何か木箱のようなものが、この時、がちゃりと受話器のよこでぶっつかる音がした。《あぶないやないけえッ、気いつけんとあかんがな。ほら、ほら》と誰かが叫んでいる。《大旦那はんにぶっつかるやないか。気いつけえッ》

かつ枝はその店の様子を耳にしながら、ゆっくり電話を切った。かつ枝は受話器を置いてから、ひとりでつぶやいた。

〈やっぱり、竹はんもあの妓には他人やった……かわいそうな妓ォや……あの妓ォは……〉

十

片桐夕子が、夕霧楼主のかつ枝につきそわれて、五番町からタクシーにのり、東山五条にある大和病院に入院したのは、その年の七月のことである。

夕子は、三月はじめの喀血以来、夕霧楼の楓の間で、ひと月ほど安静をつづけていたが、喀血はあの日一どだけで止り、日に日に快方にむかった。寝たままではあるけれど、食もすすむようになった。しかし、この種の病気は、気分もよくなり、熱もひき、本人が、起き出て外へ

出たいとわがままをいうようになってからも、無理をすると、また発作的に血を吐かないともかぎらない。

これを機会に、気胸かあるいは胸廓成形手術《きようかく》を行って、疾患部の根絶を図った方がいいのではないかという、猿町医師の忠告もあって、大和病院に入院したのだった。

この病院をえらんだわけは、かつ枝が上七軒時代の同僚で、今は先斗町《ぽんとちよう》に出て、館を経営している豆六という年輩芸妓と懇意にしていたためで、その豆六のすすめで大和病院にきめたのである。院長の山崎は、肥った四十三になる男だったが、京都でも肺外科の権威だと豆六が太鼓判を押した。

大和病院は、東山通りの五条を下った右側にある。昔の、豊国廟《とよくにびよう》といわれた、太閤秀吉を祀る神社のつづきになっていた。三階建ての古びた灰いろの建物であるが、夕子の部屋は、この建物の三階の角部屋にきめられた。

かつ枝は、夕子をつれて、最初にこの部屋に入った時、がらんとした部屋ながら、すでに金具の新しいベッドにちゃんとシーツや毛布が折りたたんで置かれ、準備がゆき届いているのをみてほっとし、しかも、二方にひろい窓がひらかれて、ずいぶん明るいのが気にいった。

「夕ちゃん、ええ部屋やなァ」

かつ枝はそういって、風呂敷包みと、夕子が与謝からはなさずにいる柳製の手提げをベッド

の上において、

「うちもこんなとこで、一日ごろんと寝てみたいわ。ほら、みなはれ、東山から、大文字から、比叡山から、北山までまる見えやおへんか」

夕子は片頬だけ赭味のさした、蒼白い顔をにんまりさせて、かつ枝のうしろから、窓によって外の景色を眺めに立った。

「お母《か》はん、すんまへんなァ、こんなええ病院世話してもろて……罰があたります」

とすまなそうにいった。

「なにいうてんねン。みんなあんたの甲斐性やな。うちは何にもしてェへん。敬子はんやら雛菊はんやら、久子はんは、毎日交代で、見舞いにきてくれはるし、少しはなれたいうても、夕霧と同じこっちゃ。気ィ長うもって養生するんやで。よろしおすか」

「おーきに」

入院費や、その他の出費はかつ枝が出していた。娼妓たちが、夕子のために持ちよって、かつ枝にあずけてくれた金が五千円ちかくあったし、検番からも見舞いが出た。

かつ枝は、夕子のためには何をしても惜しい気がしなかった。早くよくなって、また夕霧で働いてくれれば、出費した分は一年でもどってくる。この妓を、夕霧に結えつけておくためには、一年の療養は何でもないと、計算をたてていた。

夕子は山崎院長の検診をうけたが、やはり手術の必要が認められた。医者は、右肺上葉部に鶏卵大の大きな空洞と、左肺下の一部に拇指《おやゆび》大の空洞とをみとめた。しかし、手術は慎重にやらねばならない。体力を恢復《かいふく》させて、抵抗力をつけておかなければ、切開はできないというのだった。

夕子は夕霧楼の暗い奥の四畳半とは、くらべものにならない明るい部屋で、看護婦のもってきてくれる食事をして、一日じゅうベッドで寝ていることになった。

しかし、夕子は、ひとりきりの病院生活に淋しさを感じているふうにはみえなかった。二十七、八の、顎の小さい三田という看護婦が、いつも、検温にきたが、夕子は本をよむでもなく、つぶらな瞳をうれいげにしばたたいて、窓の外をみていた。七月の京都をとりまく山々は、すでに新芽のさみどりがすぎていて、どの山も、うるしを塗ったような青みどりだった。夕子はそんな山々の景色をあくなく眺めていた。

交代にやってくる娼妓たちは、病院へ入ってくるのに、素人とかわらない装《なり》をつとめてしてきた。夕霧にいるような厚化粧はせず、見るからに娼妓らしいといわれもする、顔も手も脂肪の固まりのようにみえる照千代さえも、白のブロードのブラウスに紺のスカートをはき、サロン前かけしてくる。どこかの奥さまが買い物のついでに立ち寄ったという感じだった。くるたびに、フルーツやら、千本通りでみつけた、甘いきんとんなどもってきてくれた。

敬子がきたのは、七月の二十日だった。敬子は、二、三冊の本を小脇に抱え、細面《ほそおもて》の観音顔にしゃれたロイドぶちの眼鏡をかけてきた。

病室に入るなり、眼鏡をとりはずして、元気そうな夕子をみて、

「もう大丈夫みたいね。手術なんか止めて、また夕霧へもどってらっしゃいよ、夕ちゃん」

冗談のようにいって、敬子は河原町の丸善で買った、厚い小説本を自分のわきに置き、夕霧に夕子のいなくなってから、娼妓たちが起したお客とのトラブルやら、世間ばなしなどをはじめた。そのあとで、急に語調をかえて敬子はいった。

「夕ちゃん。男って、ずいぶん、身勝手なものね。あんたが病気になったときいたら、あんたンところへあがってはった男はんは、みんなげんきんなもンよ。お向いの立花はんへいったり、第二奥村へ堂々と入ってゆかはんの。見ていてひっぱたいてやりたい気がしたわ。でもね、律儀に、顔をみせない人がふたりいる。タアさんと、ほら、あんたの好きな櫟田はん」

櫟田ときいた時、夕子の眼は瞬間キラリと光った。

「でも、タアさんは、まあお年よりやからええようなもンやけど、櫟田さんて、なかなかしっかりしてはるわねェ。このごろ、ちっとも来やはらへん。あんた、何か、あの人におハガキでもしたン」

「いいえ」

と夕子はこたえた。

「そう？　おかしいわね。あれだけ十日とあげずに来てた人やのに。あの人、鳳閣寺はんの小僧さんでしょう？」

敬子は櫟田にひそかな興味があるらしく、次第に意識して、話題を櫟田の方へしぼってくるようである。

「夕ちゃん、あたし、いつか、あんたにたずねたいと思ってたンやけどな、あの人とあんた、夕霧へくる前にお知りあいやったの」

「…………」

夕子は敬子の顔をみた。澄んだ眼が心もちうるみをおびている。

「こんなことたずねてわるかったかしら」

「ううん」

と夕子は首をふった。

「そうよ、お友だちやったン」

と夕子はいった。

「あんたのうまれた村、なんていったかしら。海べりにお墓がならんでいる村でしょ。そこで知りあったの？」

「そうどす。村の人どすねン」

と夕子は力のない声でいった。

「へーえ、ほしたら五番町へきてから、偶然、その人に会《お》うたん」

「偶然やおへん、あたしがしらせたんどす」

敬子は眼をまるくして顎をひいた。

「へーえ」

と、また感心したようにつぶやいて、

「あんたの幼友だち?」

「そうよ、敬子はん、うち、何でもあんたやったらいうわ。幼友だちやし、なんや、あの人と会うてると、あたしは兄妹みたいな気ィがするのんよ」

「兄妹?」

敬子は膝を合わせて丸椅子をギイッと音たてた。

「兄妹って、あんた、ほれで、あの人を……」

「そうどす。兄さんのような気ィがするんどすねン。あたしは、三つ股の村の三左衛門いう木樵のお父《と》さんにうまれましたンや。その三つ股の村と樽泊の村は、一里ほどしかはなれてしまへんのやけど、樽泊の村にあるお寺さんが、うちらの村の菩提寺ですねや。一つきりのお寺で、二つの村をもってはんのどすけど、櫟田はんは小さいころからそのお寺の正順さんいうて、浄昌寺の子ォどしたンや」

「………」

敬子の眼は大きくひらいてくる。夕子は、天井とその敬子の表情とを交互にみながら、ときれがちな物言いでつづけた。

「かわいそうな人ですねや。正順さんのお母《か》はんは、もともと、樽泊の人やおへん。どこか、与謝のべつの村の人どしたンやけど、正順さんが赤ちゃんのときに、浄昌寺の和尚さんと出来てしもて、正順さんのお父さんが病気で亡くならはるンを待ってたようにして、寺へ嫁入りしてきやはったんどすねん」

「へーえ」

と敬子は、自分も倉敷で味わった、少女のころのかなしみをふと思いだしながら、夕子の色艶のないくちびるに眼をすえた。

「つまり、連れ子どっしゃろ。それに正順さんは、生れながらに、物いわずで、物いうと、どもらはりますねン。そのどもりも、ひどいどもりで、きばって、物をいおう思うほど、どもってしもて、はたの人には何いうてンのやわからしまへんのや。小っちゃい時からそうどした。あの人、いま二十一どっしゃろ。あたしは二十どす。樽泊分教場いうて、山のはなに一つの教室しかない学校がありました。そこへ、あたしも、正順さんもいっしょに通ったンどすけど、あの人、みんなにいじめられてばっかりいやはるンどす。上級生やったけど、かわいそうな正順さんが泣いてはる姿をみたことおぼえてます。せやけど、お寺はんの子ォやさかい、旧制の中学へゆかはりました。休みのたんびに、舞鶴中学から与謝へもどらはりましたけど、白線入りの帽子をかぶって舟にのってもどってきやはる正順さんは、いくらか明るおした。せやけど正順さんは、樽泊であそばんと、うちへばっかりきやはったンどす。なぜやいうと、うちのお母はんは、浄昌寺の和尚さんのところへ洗濯やら掃除にいってはって、ちょうど浄昌寺にいやはる時に、あたしがうまれましたもんやさかい、和尚さんが、あたしの名を夕子とつけてくれはったんやそうどす。そんな関係で、うちは大きゅうなってからも、よう浄昌寺はんへもあそびにいったんどすがな」

「あんた、その時分から櫟田はんが好きやったン」

「………」

夕子は心もち片頰をあからめた。

「好きどした」

とはっきりいった。

「そんな好きなお方に、あんた、なんで、五番町などへきたいうてしらせたン」

「会いたかったンどすねや」

敬子はまた眼を丸くした。

「敬子はん」

と夕子はいった。

「夕霧のお母《か》はんもな、そこんとこを不思議そうに問わはりましたけど、うちは会いたいさかいにハガキしたンどすがな。いけまへんどすか」

「………」

「うちらァの村は、貧乏な家が多うて、女ごにうまれると、みんな京や大阪ィ奉公に出んなりません。その奉公先から、みんな友だちにハガキしますねン。うちは正順さんに、五番町へきたいうことしらせるのンがほんとうは悲しおした。せやけど、あては会いたかったンどす。ほれで、まっ先にしらしたンどすねン」

「夕ちゃん、ほんなら、きくけど、あんた、さっき、兄妹やいうたな、それなんのことやねン」

「ひょっとしたら、正順さんはうちの兄さんかもしれしまへん。そない思うようになりましたン。うちのお母はんが、お寺へ仕事にいってる時にあてがうまれたンどすさかいな。その時に、もう正順さんは二つの赤ちゃんでいやはりました。寺でうまれたんはかわりおへんもンな。ほれで、あたしは正順さんのことを、小さい時から兄さんやと思うとりましたンどすねや」

敬子の眼はまたキラリと光った。

「せやったら、あんた、お母はんをうたごうてンのか。あんたのお父さんは、浄昌寺の和尚さんやと思うてんのンか」

「ちがうんどす」

と夕子はあどけない声でいった。

「それはうちの心の中だけのことですやおへんか。お母はんには、うちに三左衛門ちゅうれっきとしたお父はんいう人がおます。ただ、大けなお腹をして、掃除にいってはった時に、うちを生んだンよってに、うちはそないにいわれたンどすがな。お前は寺の子ォや。寺へいってあそんでこい、お父はんがいつもそないいわはったんどす」

敬子は了解したように眼を細めて、

「そのお寺はんに、百日紅の咲くお墓があったんやろ」

「そうどす。山かげになってますけど、入江へ舟を出すと、よう見えるンどすねや。百日紅ちゅう木はつるつるにすべる背のひくい木ィどした。正順さんも、あたしも、お墓の石塔に足のせて、よう木ィへのぼって、和尚さんに叱られましたンおぼえてます」

「正順さんのお母さんは、まだ生きてはるのん」

「へえ、ぴんぴんしてはりまっせ」

と夕子は微笑していった。疲れたとみえて眼をとじると、しばらくゆっくり息をすって休んでいたが、やがてまた自分からしゃべりはじめた。

「正順さんは中学を出てすぐに、京の鳳閣寺へ来やはったンどすけど、どもりですよってに、みんなに阿呆にされはって苦労してはります。気の毒な人どす」

「どことのう、暗い陰気な人やな」

「世間がそないにしてしまわはるんどすねや」

と夕子はいった。

「あの人はもともとは純真なあかるい人どした。それはうちだけがよう知ってます。樽泊の山の上であそんでたあたしだけにしかわからしまへん。あの人は、京へきて、大学へいってはるけど、みんなに軽蔑されどおしどす。あの人には友だちは一人もおへん。ほれで夕霧へきて、うちと二人きりになってると淋しいことは何もかも忘れるいやはりますンどす。昔、百日紅の木ィへのぼったこと思いださはるんにちがいないんどす。うちは、ほれで、あの人を夕霧へよんでたンどすねや」

敬子は訊いていて、夕子の美しい心にふれたような気がした。一時、竹末甚造が夕子の部屋に上りづめにしたころ、櫟田の陰気な顔が表に現われると、妓《おんな》たちもひき手婆《ばばあ》のお新も、まるで、鼻つまみのようにして、夕子はんは今お客さんや、と断わった時の、あのしょげたような、淋しそうな櫟田の顔を敬子は思いだしていた。

「夕ちゃん、あんたはきれいな思い出があってええなァ」

そういってから、敬子は夕子にきいた。

「あんた、鳳閣寺へ病院へきてることハガキで知らせたンか」

「出しません」

と夕子はこたえた。しかし、この時、夕子の顔が急にかげりをおびた。

「来やはりましたか。お見舞いに？」

「………」

夕子は首をふった。急に両眼からぽろりと涙をながした。敬子はそれをみると、病人を昂奮させたという後悔と、櫟田が見舞いにこないために淋しいにちがいない夕子の心を察して、哀れをおぼえながらいった。

「きっと忙しいんとちがうやろか。学校も試験たらいうもンがあるし、お寺はんも、観光ブームやいうて忙しいんにちがいおへんえ。じっとがまんしといない。きっと櫟田はんはここへ来やはる。あんたとそんな間柄やったら尚更のことや」

「敬子姉さん」

と、夕子は肉のおちた肩をわずかにうごかしていった。

「あんた鳳閣寺はんにいかはったらいやえ。櫟田はんに、うちが病気やいうこといわはったらいやえ」

懇願するように夕子の眼は敬子をみつめている。

「行かへん。あんたがそないいうんなら、うちは行かへんえ」

と、敬子は安心させるようにいった。

「あんたの恋人やもン。うちが何いうたかてあかへんわ、来やはる時は、来やはるし……」

そういって、敬子は夕子を安心させたが、この日、敬子が夕霧楼にもどってきて、帳場の前をゆきすぎようとした時、かつ枝が机に向っていた手を休めてよびとめた。

「どうやった。あの妓《こ》、元気やったか」

と先ずきいた。

「元気どした。顔いろもよろしおしたえ、お母はん。せやけど……」

敬子は、言葉の途中から帳場に入った。溜り場の妓たちにきこえぬように、低声になって、

「竹末はんも、だれも見舞いに行ったげはらへん。かわいそうで仕方おへんどしたわ」

と眼をむいた。

「夕アさんか」

とかつ枝はそういったまま、ペンを置いた帳簿の一点をにらんでいる。あの電話以来、ぷつ

りと音沙汰が絶えた甚造の、冷酷な態度が頭にきたのである。

「ほんまやなァ。元気な時は、あないに、夕子夕子いうて来といて……病気になると、ぷつりと来やはらへん。男なんて、みんなそんなもンや」

「櫟田はんだけはちがいまっせ、お母はん」

敬子は怒ったようにかつ枝の顔をにらんでいった。

「あたし、こんなことをいうの、なんや、お母はんにわるい思うんですけど、思うてることいわしてもらうと、夕子ちゃんと櫟田はんの仲を、タアさんがイケズしてさかはったンとちがいますか。そんな気ィがして仕方おへんのどす。いつかお酒呑んではった日がありましたけど、あれきり櫟田はんはきやはらしまへんどっせ。なんや知らんおかしおすわ」

「櫟田は来んかてええのんや」

とかつ枝はいった。

「あの人にきてもろたかて、夕子ちゃんには損かけるばっかりやし」

「………」

敬子は、かつ枝のひと皮目が冷たく見えるのに、不満そうに耳をたてた。

「なんでどす、お母はん」

「あの人はな、大事な夕子ちゃんの軀を小っさい時に奪うてしもて、その上、鳳閣寺さんにきたはええけど、夕子ちゃんが夕霧へきたンをええことにして、ただであそんではったンや。戦後派の不良坊《ぼん》さんや。なまぐささんや」

敬子の眼が大きく歪んだ。

「お母はん」

と敬子はいった。

「そら嘘どすわ。ほんなこというたら夕子ちゃんがかわいそうどすわ。夕子ちゃんは、あの人が好きどしたンえ。櫟田はんも好きどしたンや。好きなはずどす、あの人らァは兄妹みたいな仲どしたんえ、お母はん」

昂奮した敬子は、今し方、大和病院の三階で、夕子の口からもれたそのひと言を、かつ枝の白い頬ぺたに投げつけるようにいった。

「何えッ、そら」

とかつ枝はう、う、と咽喉をならして眼をすえた。

「兄妹て何え」

「夕子ちゃんの兄さんどすがな。精神的につながった兄さんどすがな。うちは今になってわかることがひとつあるんどす。あの人のお部屋へ櫟田はんがあがらはると、夕ちゃん、低い声で歌をうたわはります。櫟田はんも歌をうたわはるンどす。きいてて、おかしいな思いましたンや。電気を消してまで、寝てへんのやろ、げんつけんと、二人でいつまでもはなしてはんのやろ。いつもそないに思てましたんや。せやけど、お母はん、その謎が解けましたンや。あのふたりはきれいな間柄どしたんや。夕霧へきても、げんつけんと寝てはったンどすえ」

「何いうてンねン、あほらし、そんなこと、ほんまにして、敬子はん」

かつ枝はそういったが、ふと、敬子のいうことも理解できるような気がした。しかし、かつ枝はこういった。

「タアさんがな、あの子を水揚げしやはった時、処女やなかったいわはったえ。それはほんまや」

「そんなこと嘘どす。うちは何も見てへんけど、それはタアさんの計画やおへんか。女道楽をしつくした人のいうことは、少しでも、夕子ちゃんの値ェを下げて、お母はんに恩を売ることやおへんのんか。うちはそないな気ィがします。夕子ちゃんと櫟田さんが、村にいた時に出来てはったなんて、そら嘘や」

「敬子はん」

かつ枝は半ば敬子の語気に押されたように力をおとしていった。

「そんなこと、あの妓、あんたにいうたン」

「…………」

敬子はこのとき、不意に眼がしらにつきあげてくるものを強くおさえた。

「いわはったンどす。櫟田はんはかわいそうなお人やいうて、夕ちゃんは、病院で泣いてはりました」

かつ枝が、放心したように眼をすえて立っているのに、敬子はいった。

「そうやおへんか。お母はん。病気にならはってから、竹末はんは一どだって来てくれはりましたか。イケズしやはって、仲をさかれはった櫟田はんは、夕子ちゃんの病気はまんだしらはらしまへんのどっせ。どっちに実《じつ》があるのンか、うちらにはようわかります。お母はん、雛ちゃんにも久子はんにも、照千代はんにもきいてみとくれやす。みんなそないいわはります。きいてみとくれやす」

敬子は昂奮してくるとすぐ充血してくる瞼を抑えて、やがて帳場から廻り縁を部屋へ走った。大きな音をたてて障子をしめると、灯もつけずにどさりと尻をつく音をさせた。

かつ枝は呆然として庭先をみていた。夕子が丹精して水をやり、枕の位置をかえてみせてくれといった南天の白い花が、いま、せまい夜空を通してもれてくる、千本通りのネオンの映えをうけて光っている。

〈そうや、櫟田はんにあやまらんならん。みんな竹末はんの計画にひっかかって、あの人を悪者にしてしもてたンや……〉

かつ枝はそう思いかえすと、浅黒い横顔をチラとみせて、うつ向きかげんに、廊下を走るように帰っていった櫟田正順の、おびえたような、暗い影を負った姿を思いうかべるのだった。

〈そうや、あの人に、夕子が病気になったことをしらせるだけはしらせてあげんならん……〉

かつ枝は、われとわが心にいいきかせた。

〈見舞いに来てくれはるかどうかは知らんけど、しらせるだけは、しらせてあげんならん……〉

十一

臨済正宗燈全寺派鳳閣寺は、前にも述べたように北山にあった。京都五山の一つとして、臨済法燈を護りつづけた燈全寺本山の別格地として、東山の聚閣と並び、足利義満の建立した国宝鳳閣があることで、京都随一の名刹といわれた。

終戦になって、京都が占領軍関係者や、その他の外国人の観光欲を充たす中心になったのは、古い都であるからにもよるけれど、数多い寺院や、庭園が空襲をまぬかれて、昔日のまま残存したことによった。中でも北山鳳閣が、昔のままのたたずまいを、池の水面に落している姿は、これを眺め入る者に、建築と庭園の織りなす古典美を充分に味わわせると共に、激しかった動乱の大戦争が、まるで嘘であったかのような錯覚を感じさせたことにもよる。

その鳳閣寺は、北山の麓から衣笠山に向うなだらかな丘陵を背景にして建っていた。木の目の洗いだされた古い総門をくぐると、先ず、白壁の庫裡の玄関の前に、巨大な二本の榎の木があった。昔からこの榎を「いちい」とよんで、一位という意味にとり、立身出世を夢みた公卿《くげ》共が、縁起を祝って、この榎の枝で笏《しやく》を作って日常たずさえたといわれている。巨木の根もとはふた抱えもあるほど大きく、長い年月の風雪を経た樹肌のささくれた有様は、この鳳閣の象徴ともいえた。

庫裡の奥に隠寮《いんりよう》、そこから左に方丈がある。問題の鳳閣は、さらに山麓をわけ入った広大な庭園の池畔《ちはん》に建っていた。訪ねる観光客は、庫裡から前庭へのびた土塀につくられた唐門《からもん》から、入庭をゆるされるが、いったん、この門をくぐって、庭に入ると、もり上るような木の間の蔭に、鏡を置いたように静かに光っている古池に眼をみはる。

鳳閣はこの池の北畔に建っている。三重屋根の入母屋《いりもや》づくり、こけらぶきの屋根が、ぴんと四方に張っている。何ともいえぬ優雅さをただよわせて、頂上の中央部に、金箔でぬりつぶされた鳳《おおとり》が、羽をひろげて池の水面をにらみとまった恰好にみえる。鳳がいることによって鳳閣といわれたのである。

池にいくつかの島があった。蓬萊《ほうらい》島といわれる島々で、見ようによっては鶴の形をしていたり、亀のかたちをしていたりしている。作庭者は、本山燈全寺の開祖である夢窓国師《むそうこくし》といわれるが、戦争中には、この池を周遊する観光客たちは、案内してくれる僧から、池の島々を大八洲《おおやしま》と解説された。けれども、終戦と共にそれらの解説はまたもとにもどって、昔ながらの解説がなされている。

夕霧楼のかつ枝がはじめて鳳閣寺の総門をくぐったのは、八月一日の正午ごろのことであった。

この日はずいぶんむし暑かった。庫裡の前庭にある、絵葉書売り場にむらがった観光客は、Yシャツ姿が多く、折からバスで降りてきた観光旅行の団体も、上着をぬいで、浅黒い額に誰もが汗をかいていた。かつ枝は、黒無地の絽《ろ》の単衣に、レースの襦袢の袖口の透けてみえる涼しげな装《なり》をしていたが、車の中でむされてもきたので、白いのっぺりした額に汗をかいていた。ハンケチでその額を抑えながら、かつ枝はまず、庫裡の前にきて、鳳閣寺の全貌を眺めた。そのあとで、拝観客にまじって、鳳閣庭園の客の中にまぎれこんだ。

かつ枝は鳳閣寺をはじめてゆっくりみた。上七軒にいたころ、一ど東京のお客につれられて観にきたことがあったが、そのころはまだ戦争前だったから、ずいぶんひっそりして、のどかなかんじがしたものである。ところがいまは大勢の客なのでかつ枝はびっくりした。平和な時代がきたのだという喜びを、鳳閣を観ることによって、人びとはたしかめでもするのであろうか。

たしかにかつ枝は、池のそばに立って、鳳の光るこけらぶきの閣の姿を眺めたとき、汗が急にかわいて、涼しい風がふきぬけてゆくような瞬間を味わった。

かつ枝は案内人のうしろについて、四十分ほど庭にいたが、出口と書かれた門を出て、ふたたび、庫裡の前にきた時、玄関から右手に、つき出るようにして出来ているもう一つの玄関の床の上に、紺無地の着物の下にもんぺをつけた三十七、八の寺男が佇んでいるのをみて、ちょこちょこと下駄音をさせて近づいていった。

男はかつ枝をみると、組んでいた腕を解いて待つような顔つきになった。

「すんまへんけど、鳳閣はんに櫟田はんちゅうお方はおいやさしまへんか」

「櫟田？」

とその寺男は、顔に似あわない大きな咽喉仏の動く高い声をだした。

「小僧はんどすな」

ときいた。

「へえ、そうどす。すんまへんけど、その櫟田はんに会わせてもらえまへんやろか」

「…………」

男は寺内の見張り番を担当している様子にみえた。僧職にあるこの寺の小僧ではなさそうである。その証拠に頭髪を延ばしていた。こってりとポマードをつけているのが、かつ枝には変になまぐさい感じがした。

「櫟田いうと、正順はんのことやな」

と男はつぶやいた。

「へえ、そうどす、そうどす。正順はんどす」

とかつ枝はよろこんでいった。

「それやったら、庫裡の方へ廻ってもらわんなりませんなァ」

と、男は面倒くさそうにいったのではなく、自分の立っている場所は、小僧たちのいる庫裡とは隔絶されているのだという顔をした。かつ枝は、その男の顔を拝むようにみて、

「すんまへん。うちは何もわからしまへんのどす。おそれ入りますけど、その庫裡たらへいって、正順さんをよんできてくれはらしまへんやろか。大勢小僧はんのいやはるところでは気ィがひけますさかい……おそれ入りますけど」

何ども頭を下げるので、寺男はまた腕を組んだ。ちょっと苦り切ったような顔になった。しかし、

「ほんなら、あそこの玄関の横に、庫裡へ入る通用口がありまっしゃろ、あそこの口で待ってて下さい」

そういうと、男はギイギイ音をたてる床を踏んで、あけ放してある畳敷きの奥の部屋へ入りこんでいった。

かつ枝は汗をふいた。うまくいったと思った。櫟田に会うためには、なるべく人眼につかぬ方がいい。それでなくても櫟田は、竹末甚造の告げ口による燈全寺の本山からの報告で、老師はんから大叱られして謹慎の身であるに相違ないのだった。

かつ枝はそんな櫟田を訪ねてきて、表によび出すことに遠慮もおぼえたし、櫟田に対してすまないという心もわくのだった。だが、病院で寝ている夕子のことを思うと、つい、勇気をだして来ないわけにはゆかなかった。手紙を出せばいいようなものだけれど、それは不安な気もした。きびしい禅寺の生活だから、確実に手にわたるものかどうかを考えると、直接会った方がよいと思われたのだった。

〈なるべく人眼につかぬように会おう……〉

かつ枝はそう思って、いろいろな方法を考えていたのだが、寺男をみつけたことは幸運といえた。かつ枝は男にいわれた通り、ふたたび、庫裡の玄関の前を通りすぎて、塀にそうて二十メートルほど総門よりにある、通用口の木戸の前にたたずんでいた。

扉になった古びた木戸が、ギイッと音をたててあいたのは十分ほどたってからだった。かつ枝は思わず身構える姿勢になった。あいた扉の空間に眼をすえた。と、うすみどりの汚れた無地の単衣に、ちびた兵児帯《へこおび》をしめ、蒼い頭をした櫟田正順が現われた。かつ枝はぺこりと頭を下げていた。正順は胡散《うさん》くさそうにかつ枝をみたが、その眼はひっこんでいるせいもあって、ひどく病んでみえた。無精髭が生えているので、いっそう貧相なかんじがした。上眼づかいにじろっとかつ枝をみて、正順はだまっている。

「櫟田はんどすね」

かつ枝は走りよった。

「………」

正順は眼をすえたまま、かつ枝の顔をにらんでいたが、急に、こぶしをひろげて、前帯につけると、二、三ど、その兵児帯を手の平で拭うような仕種をした。

「櫟田はんどすね」

とかつ枝はいった。正順はこっくりうなずいた。

「すんまへん、お忙しいとこへ、お邪魔して大事おへんどしたか。すぐ帰ります。あたしは、五番町の夕霧どすねン。夕霧のおかみどすねン」

「………」

櫟田正順はこっくりうなずいて、光った眼をかつ枝にすえた。かつ枝はその眼が痛ましいような、それでいて、いまにも、かつ枝に向って何かを投げつけてきそうなものをはらんでいる気がして、口先がふるえた。勇気を出した。

「櫟田はん、夕子が喀血して、病院へ入りましたンや」

「………」

正順の顔は急に歪んだ。う、う、う、と口の中で声を発したようだった。しかし、それは言葉にはならなかった。青ざめた顔が、急に充血したようにふくれ上り、いき張ったように、真赭になった。

「櫟田はん、行ってくれはりますか。夕子は会いたいいうてるわけやおへん。ですけど、かわいそうでなァ……あたしらみておれしまへんね。五条のな……東山通りを下ったとこにおす大和病院どすねン。そこの三階で、寝てはりますねや。手術のすむまで、ずうっと寝てはります。正順はん」

かつ枝は調子の出てきた言葉をつづけた。

「喀血しやはった当座はな、うちで安静にして寝てはりましたけど、ようなってから病院へゆかはったンどすねや……せやけど今はどうやら持ちなおして元気どす。五条の病院からな、よう、北山がみえますねン。ここの大文字のはげたところやら、鳥居本の鳥居のかっこうしたはげたところもな、病院の窓からよう見えますねン。夕子がな、じっと北山みてると、あたしは泣き出しそうになります。櫟田はん。よろしかったら、いっぺん、行ったげておくれやすか」

「………」

櫟田正順は充血した顔をかつ枝にむけていき張ったままだまっていた。何かをいいたげに見えたが、声が出ないらしかった。

「これでわたしの用事はすみました。ひとこと、あんたはんに、このことをおしらせしたかったンどすねん。いやはって、よろしおした……櫟田はん、そんなら、あたしは去《い》なしてもらいまっさ」

かつ枝は正順の顔に見入りながらそういった。すると、いままで、だまっていた櫟田正順は、急に炯々《けいけい》と眼を光らせて、どもり言葉をだした。

「ゆ、ゆ、ゆ、ゆうちゃんにな。おーきに、ゆ、ゆ、いうて。ほしてな。もうすんだ、あんしんせい、そ、そ、そないいうて……」

かつ枝はひと皮眼の白い顔をつき出すようにして耳をたてた。なんのことやらわからなかった。

「櫟田はん、もうすんだ……安心せいて、そら何どすねん」

櫟田はぎろりとかつ枝をにらんだ。

「お、お、おーきに。ぼ、ぼくは、い、いま、ヒマがないんどすねや。ヒマが出けたら、び、びょいんへ、か、か、かならずゆきまっさ。ゆ、ゆうちゃんに、安心せいいうて下さい。た、た、たのみまっさ」

櫟田はさっと軀をひるがえすと、扉の向うへ走り消えた。

走りがけにうしろ手に押した扉が、がちゃりと大きな音をたてて閉った。

かつ枝が櫟田の姿をみたのはこれが最後となった。かつ枝が観光客のさわぐ巨大な榎の蔭をくぐって総門を出たのは、それから五分後のことである。何どもふりかえったが、鳳閣は樹間にかくれてみえなかった。

京都の北山鳳閣が炎上したのは、かつ枝が鳳閣寺をたずねた翌日の、午前一時五十分ごろのことである。翌日といっても、夜中の二時ごろのことであるから、その夜といったほうがあたっていたかもしれない。

火は鳳閣の中心部から出て、こけらぶき、南北五間半、東西七間の三層楼の鳳閣を焼失して鎮まったが、この火事は、寝しずまった京都市民の夢を破った。闇夜の北の方角に、ぱっと火の手があがり、五条、七条、壬生《みぶ》、八坂の各消防署からも、サイレンを鳴らした消防車が夜っぴて走った。市民は深夜のことでもあるので、はじめ、それが国宝鳳閣の炎上だとは知らなかった。

この火事騒ぎを、東山五条にある大和病院では、宿直の看護婦たちが屋上にまであがってみていた。火の手は大きくなった。

「北山の方角どすな。大文字の下やから、鳳閣はんの近所でっしゃろ」

と、そんなことをいって、皆は、火の鎮まると同時にひきあげたが、ちょうど片桐夕子の病室へ検温にきた係の三田看護婦が、部屋に入った時、夕子はベッドの金具を両手でつかんで、呆然と北の方角をみて立ちすくんでいるのだった。その視線は窓の外の、火事の方角にむけられていた。

「片桐はん、風邪ひきまっせ」

看護婦が声をかけても、夕子はきこえないらしかった。二ど目の注意をうけてようやく、夕子はわれに返ったようにそこにいる看護婦をみたが、蒼ざめた夕子の顔には、かすかな微笑がただようているのを看護婦はみた。

「風邪ひきまっせ。火事見てはったんどすか」

と看護婦はたずねた。

「へえ」

夕子はそれだけいってベッドにあがって寝ころんだ。しばらくしてから、夕子はつぶやくようにいった。

「鳳閣が焼けたんどっしゃろ、そうどっしゃろ」

三田看護婦は耳をうたぐった。
その日の新聞各紙は、歴史的な鳳閣の炎上をそれぞれ第一面に掲げ、心なき一徒弟の犯した罪について、筆をそろえて罵言と憐恨とをもって記録した。その中の一紙である、当時の毎朝新聞のニュースをここに掲げてみると、次のように報じている。

鳳閣寺全焼す・放火容疑者を手配・徒弟A大学学生
〔京都発〕二日、午前一時五十分ごろ、京都市上京区《かみぎょうく》鳳閣寺町、臨済宗燈全寺派別格地鹿園寺（通称鳳閣寺）庭園内の国宝建造物、鳳閣から出火、全市の消防署から消防車数台が出動したが、こけらぶき、クスノキ造り、南北五間半、東西七間の三層楼はすでに火炎につつまれて手のつけようがなかった。初期足利時代の代表的建築として知られた国宝の三層楼は内部の古美術品とともに、一時間後に全焼し、境内にある朝雲亭《ちょううんてい》など三十余りの他の建物は類焼をまぬがれたが、市警では出火の前後から行方をくらました同寺の徒弟櫟田正順（二一）＝A大学文学科二年生、京都府出身＝を手配している。

続いて三日付の新聞は、二日午後七時に放火容疑者櫟田正順を検挙したことを報じた。

〝鳳閣と心中の覚悟〟自殺しそこねて自供

〔京都発〕放火容疑者櫟田正順は、二日午後七時ごろ鳳閣寺うらにある山の中腹で服毒、昏睡状態でいるのを山狩りの西陣署員が発見、捜査本部に連行取調べると、「火をつけた……」と自供した。さらに第二日赤病院で手当を受けながら、京都地検検事の取調べに対し、「おれは鳳閣と心中する覚悟で、午前二時ごろ蒲団と衣類とカヤを鳳閣に持ち込み、マッチで火をつけたが、こわくなって、すぐ裏山に逃げた。鳳閣が燃え上るのを見て、カルモチンを飲んだ。動機は落ちついてからにしてくれ」

と、とぎれとぎれに語ったというが、生命はとりとめる模様である。尚同人は一日夜十一時過ぎまで鳳閣寺住職の友人、福井県大飯郡本郷村燈全寺派正眼寺淵田住職（四五）と自室で碁をうったあと姿を消し、出火直後には、同人使用の蒲団、カヤ、机など身の廻り品は当人の部屋に見当らず、現場で発見された蒲団類と同一品であることが確認され、同人の容疑が濃くなった。同人は幼少時母の手一つで育てられ、二十三年四月から住職の世話で同寺に住みこんだものだが、素行が悪く、一時寺を飛び出して、二十五年再び徒弟となって、同寺につとめていた。昨年あたりから学校をサボリがちで、再三学校当局と住職から叱られ、一週間ほど前、同住職に「教授のいうことはバカバカしい、こんなことなら米の買出しやアルバイトをした方がましだ」と抗弁したという。

孤独な性格・住職の話

〔京都発〕櫟田は私のいうことなど聞かず、同僚ともなじまない孤独な性格の持主で、日ごろから、寺や世間に対して不満を抱いていたことは事実だ。たまたま一日、寺で不動講社の講座があり、大勢の檀家や僧が集まったが、本人はいつもの通り、茶菓子を運んで接待につとめた。いまから考えると、決心していたのではないかという気持がする。私の指導のいたらなかったためで申訳ない。

勝負事が好き・学友の話

〔京都発〕放火容疑者櫟田のA大学予科以来の学友は次のように語った。

「櫟田君はどもるせいもあって級友とはほとんど口を利かず、ひとり考えこむ内向性の人だった。生活は住職から保証されて、うらやましがられていたくらいだが、ただ勝負ごとが好きで、毎晩のようにカケ碁や花合せにこり、小遣いに不自由するとカツギ屋をやっているというウワサもあった」

「義満の木像」も焼失・破損していた火災報知機

〔京都発〕鳳閣寺は約五百五十年前、足利三代将軍義満が別荘として創建、遺命により夢窓国師が開山したものといわれる。数度の火災にも鳳閣だけは類焼をまぬがれて、いま東山にある慈照寺聚閣とともに、海外にも有名であったが、第一層法水院の阿弥陀・観音・勢至三尊像（運慶作）、夢窓国師・義満の木像をはじめ、第二層潮音閣の観世音（恵心作）・四天王（空海作）・狩野正信筆天人奏楽図一面と、金パクを張りつめた第三層究竟頂《くきょうちょう》内の後小松天皇絶筆の額、屋根上頂上の鳳凰型、また第一層内に置いてあった、明治十三年ロンドンの大英博覧会に出品し、鳳閣を世界的に有名にした模型等いっさいを焼失した。なお鳳閣の内部には、国宝保存のため七個の火災報知機が備えてあったが、さる三十日からバッテリがこげつき、調節不能となっていたことが問題視される。

国民的な痛手・東京美術大学学長の話

〔京都発〕一日挙式された京都美術大学開校式に出席のため京都に来ていた、東京美術大学学長は次のように語った。

「焼失の国宝は建造物鳳閣と義満の木像であるが、聚閣とならんで二つとない国宝であるだけに国民的痛手は大きい。ただ、本堂・庫裡・方丈および南天の床柱で名高い夕佳亭などが助かったのは、不幸中の幸いといえる」

文部省で実地検証

〔京都発〕文部省から派遣された関係係官は二日夜、東京美術大学学長をまじえて京都府・寺院側と協議し、三日朝から実地検証を行う。

これだけの記事を読んでも、当時の騒ぎは想像できるのであるが、翌四日の新聞を見た京都市民は、ふたたび、暗い記事に眼をとられたのであった。それは、鳳閣を焼いた櫟田正順の母親が、府下与謝郡樽泊の村から、京都へ来て、帰る途中にあったが、山陰線下り列車の上から、保津川に身を投じて自殺したという記事である。

次のように毎朝新聞は報じた。

鳳閣放火の責を負い櫟田の母親が自殺・列車から川へとび込む

〔京都発〕鳳閣寺放火容疑者、鹿園寺徒弟、A大学生、櫟田正順（二一）の母シゲさん（四九）は三日午後五時二十分ごろ山陰線保津峡―馬堀両駅間（京都府南桑田郡篠村）で、同四時四十五分京都駅発下り列車のデッキから、保津川へ飛び下り自殺をした。子の罪を身をもってわびたものとみられ、国警南桑田地区署では、保津川遊覧の船を出して死体を引揚げ、篠村役場で、不幸な母親のためにねんごろな通夜を営んだ。

母の面会を拒む・四年来一度も会わぬ

シゲさんは八月二日夜十時、山陰線上り終列車で府下与謝郡樽泊村から弟と京都へ来た。息子の放火とは知らず、お世話になった鳳閣寺が燃えたというので、見舞いに京都へ来たもので、二条駅についてはじめて息子の犯行を知った。西陣署で息子に会おうとしたが、自分を徒弟に預けた母の仕打を「冷たい」と思いこんでいる正順は、面会を拒みつづけ、四年ぶりなのにシゲさんの顔をみようとしなかった。結局シゲさんは同夜は同署で保護され、三日午後、花園駅から乗車して、空しく村へ帰る途中だった。車中でも弟が付添っていたが、そのスキをみて、アッという間に飛び下りたという。シゲさんはつぎのように語っていたと、西陣署ではいっている。

「あの子は国賊です。普通の犯罪とはくらべものにならない大犯罪を犯しました。どうすれば罪ほろぼしが出来るでしょうか。私の気持は、申訳ないというより他、言いあらわせません。なぜ死んでくれなかったんでしょう。私はあの子の代りに死ねるものなら、死んで罪ほろぼしをしたいと思います」

〝美しさ〟に反感・櫟田放火の動機を自供

〔京都発〕櫟田正順は三日午後、京都第二日赤病院から西陣署に身柄をうつされ、京都地検検事、京都市警刑事部長、捜査係長らの取調べを受けたが、「放火は一年ほど前から計画した」と供述した。「動機は虐げられた絶望感から〝美〟に対するねたみを押えきれなかったためだ」と告白している。その告白と捜査結果を総合すると……。彼は六月十八日に、かねて考えていた放火を決意した。その翌日、準備にとりかかり、その夜、鳳閣に忍び寄って表トビラのかんぬきをはずした。夜番がこれに気づくかどうかを試すためだった。その後しばしばくり返したが、発見されず、機会を待った。鳳閣と心中する考えの彼は、念のためカルモチンを用意した。夜九時ごろ、住職に「お寝《やす》み」をいい、碁を打ちながら、寺内の寝静まるのを待ち、蒲団、カヤ、衣類などとともに鳳閣へ入ったという。彼は昨年春ごろから深い絶望感に襲われ、学校をサボって米の買出しブローカーをやった。醜い自分の性格と不自由な言語障害の身体に対する自己嫌悪から、美に対するねたみを押えきれなくなったらしい。早く父を失い与謝の某寺に養子となり、中学を出ると鳳閣にきたが、自分の不自由な環境とくらべて、毎日数百人の参観客のある鳳閣の優美さが、のろわしいものとなったという。学友や同僚から変質者扱いにされるようになり、いよいよ世の中がいやになってきた。初めの計画では鳳閣とともに〝英雄的死〟をとげるつもりだったが、炎上する鳳閣を見てこわくなり裏山へ逃げた。

なお櫟田は次のように語っている。

「国宝を焼いたことは悪いとは思わぬ。法的制裁を回避する気はない。住職から度々叱られたが、原因は自分にあったからうらむどころではない。母親が来てくれたそうだが、愛情を感じていないし、迷惑がかかるから親子の縁を切ってもらいたい。こういう考えは自分の主観によるもので、とうてい他人にわかるようには表現できない」

分裂型変質者・内田博士語る

事件について内田勇吉博士（B大医学部精神科主任教授）は次のように語った。

「詳しく実地に検討してみなければはっきりとはいえぬが、新聞の伝える資料で判断すると、櫟田は精神病理学上『分裂症』あるいは『分裂気質』といわれる種類の人間ではないかと考える。戦後はこういった分裂型の変質者の犯罪が、大分多くなって来ている。アベック殺しの容疑者もこの種の型だし、いま鑑定している『月をながめているうちになんとなく感傷的になって母を殺害しようとした』という青年などもそれだ。分裂型の者の犯罪の特徴は『動機がはっきりしていないのに、その犯罪がきわめて冷酷である点である』という点で、それは他の殺人、強盗など、普通一般の常習犯罪者の場合と、はっきり区別される。普通の殺人、強盗の場合は、『金が欲しい』とか『うらみがある』とか、はっきりした動機があるが、分裂型犯罪者はそれがない。

……櫟田の場合は『美しいものへの反感』と動機のようなことを言っているが、この種の人間は、捜査官から『動機がないはずはないだろう』などと問いつめられると、いい加減なことをいう例が多く、信用出来ない。常人にはわかりかねるところが、分裂症状を示すものだ。分裂病は一言で言うと、感情生活の退行とも言うべき精神現象で、人間としての『徳性』が低下し、原始的形態に転落する。悪い経済状態、その他の悪い環境などが、大きな影響を与えることは否定できない」

十二

鳳閣の焼けた二日の朝のことであった。新聞をみた夕霧楼のかつ枝は、驚愕のあまりに腰をぬかした。八人の娼妓が、かつ枝の部屋にあつまってふるえていた。

新聞が千切れるほど廻し読みされたが、かつ枝が腰をぬかした理由は二つあった。それは、鳳閣が焼ける前日、自分が、犯人の櫟田に会いにいっていたという一事である。警察がたずねに来はしないかという恐れもあった。もう一つは夕子のことである。

櫟田が犯人であってみれば、夕子は驚愕のあまりに、折角、快方に向いかけている病勢を、また悪くしないかと心配したのだ。

娼妓たちとかつ枝が、心配顔であつまっている時に、帳場の電話ベルが鳴った。かつ枝が出ると、めずらしくそれは竹末甚造だった。

「おかつか」

と甚造はいった。かつ枝はこめかみをぴくりとうごかした。

「カギ竹はん、何どす」

かつ枝はひらき直ったような口調でいって、娼妓たちの方をみた。

八人の妓《おんな》たちも耳をすました。

「やっぱり、わしのいうたとおりやったやろ」

と甚造の声は、勝ちほこったようにきこえた。

「新聞よんだか」

かつ枝はむうっと胸がつまった。

「カギ竹はん、えろう冷たいお人どすな。櫟田はんのことはあんたのいわはったことはあたりました。せやけど、せやけど、カギ竹はん……」

かつ枝はこみあげてくる怒りをおぼえた。

「………」

怒りはすぐに言葉にならなかった。

「おかつ、なんや、櫟田はんてなんや、えらいことしよった国賊やないか。わしがいうたとおりの悪い奴やったやろ。おかつ……」

甚造の声は、かつ枝の耳を冷酷にたたいた。

かつ枝は、眼をつぶって受話器を置いた。

甚造の電話をかけてきた目的は、夕子の安否を問うためではなかったのである。

かつ枝ははげしい憤りをおぼえた。

十時ごろになってようやくかつ枝は気分が落ちついたので、弥坂《やさか》タクシーを電話でよぶと、東山五条の大和病院へ急行した。どういうわけか、かつ枝は、気がてんとうするようなことに遭遇すると、いつも娼妓の久子を供につれてゆく習慣があった。その時も久子をつれていた。

車の中で、かつ枝の頭にうかぶのは、櫟田正順が夕子に告げてくれといった奇妙な伝言であった。

〈もうすんだ、安心してくれ……〉それは何を意味したのだろう。かつ枝は〈もうすんだ、安心してくれ……〉と櫟田のいったことばを心の中で反芻してみて、急に青ざめた。そうだ。櫟田は鳳閣を焼くことを、夕子にすでにもらしていたのではあるまいか。もう済んだという意味は、準備がすんだということを夕子に教えて、夕子を安心させたかったのではあるまいか……。すると、夕子は櫟田の計画をすでに知っていたのだろうか。そうだ。あのように十日に一どは必ず上ってきた櫟田が、心をゆるしあった幼馴染みに告白しないはずはあるまい。しかし、かつ枝は、このことを夕子にはいうまいと心に誓った。

かつ枝と久子が到着すると、夕子は三階の病院のベッドの上に起き上って、膝の上にふとんをかけ、うしろの金具に背をもたせ、放心したような眼で二人をむかえた。

「夕子ちゃん、びっくりしたやろな、あんた、看護婦さんから聞いたやろ」

夕子はこっくりうなずいたが、かすかな微笑を片頰の隅に宿している。だまってかつ枝の顔をみただけである。かつ枝は、思ったほど夕子が動顚していないので、胸を撫でおろした。

「心配してな、とんできたんやな。櫟田はんもえらいことしてくれはったな。京の町では、今日は噂でもちきりや。櫟田はんも恐ろしいことをしてくれはったもンや。あんた、早よ、あんな人のことを忘れんならんな、夕ちゃん」

看護婦が去ったあとで、かつ枝はベッドによってささやくようにいった。

「早よ、ようなって、また、夕霧で働いてもらわんならん。せやさかい、櫟田はんのことなんぞ忘れてしまうこっちゃ。それにはこんどの火事は都合がよかった。大事な国宝焼いて、なんとも思わんようなこわい人やった。な、あんなおそろしい人のことを考えたらあかんえ、あんたも、そう思うやろ」

夕子はかつ枝と久子の顔を交互にみていて、

「お母《か》はん、お姉さん、心配かけてすんまへん。安心しとくれやす」

と、力のない声でいうと、急にふとんの中へ軀をさし入れて、白布のかかった毛布をひきかぶると、じっとそのまま動かなくなった。

かつ枝には夕子が泣いているように思われた。

かつ枝は久子と顔を見合せ、病人を昂奮させてはいけない、と眼ではなしあった。

「夕ちゃん、元気な顔みたから、去《い》ぬえ。千本のきんとんや。おいしい、ほこほこ買《こ》うてきたさかいにな、あんた、また、ひとりでたべなはれ。ええな。ここへ置いとくえ」

と、かつ枝は手提げから、新聞紙にくるんだ「芋七」のきんとんを入れた竹の皮包みを、枕もとにしずかに置き、はれものにさわるような思いをのこして、部屋を出たのだった。

夕子は返事をしないで、毛布の下でじっと顔をかくしていた。

「夕ちゃん、去ぬえ、また来るえ」

とかつ枝はドアのところで何どもいい、廊下へ出た。看護婦にくれぐれも夕子のことを頼んで、病院を去ったのだった。

鳳閣放火犯人の櫟田正順は、西陣署に留置されていた。主任検事の慎重な取調べをうけていたが、係官の眼をぬすんで、用意していた剃刀の刃で頸動脈を切り、自殺を図った。そうして出血多量によって、日赤病院で死亡したという記事の出たのは、検挙後二十二日目、八月二十四日朝のことである。

また、京都市民は、新聞に報ぜられたこの記事をよんで、ひと騒ぎしたけれども、櫟田正順の死によって、一つの事件の終止符が打たれたということを知った。子の罪を負って母が自殺し、その子がまた留置室で、自殺を図って成功したのである。人びとは、内田勇吉博士が新聞で発表したように、悪い経済状態やその他の悪い環境によって、徳性が低下したにちがいない哀れな一人息子とその母親の死に、かすかな憐れみをおぼえながら、この二段記事の櫟田の死を読んだのだった。

ところが、翌日のどの新聞の三面にも、下段の隅に小さく報道された、ある少女の失踪記事に、眼をとめた者は少なかった。些細な記事にすぎなかったからである。それは次のように記されてあった。

患者さんが行方不明

二十四日、うだるように暑い日がすぎた夕刻、東山五条下ル大和病院三五号室に入院中の片桐夕子さん（二〇）が、外へ涼みにゆくといって出たまま、帰ってこないので、病院から届け出があり、五条署で捜索中だが行方はまだわからない。

連日の暑さに、病気が苦になり自殺するのではないかとも思われるので、同女の行方をさがしている。因《ちな》みに、夕子さんは、赤い花柄の浴衣を着て、黄色い三尺帯をしめている。

五番町の夕霧楼へ夕子失踪の電話がかかったのは、当日夜になってからのことである。廓の町がいよいよ活気を呈しはじめる八時すぎのことだった。かつ枝が電話に出た。

「もし、もし」

と、病院の三田看護婦の声がした。

「夕霧はんどっか。夕子はんがそっちへ帰ってはらしまへんか」

と三田はいった。かつ枝はどきりとした。

「帰ってしまへんけど、どないしましたンやろ。夕子がどないかしましたンどすか」

胸さわぎをおぼえながら、かつ枝は訊ねた。すると、電話の声は、夕子が町へ涼みにゆくといって出たまま帰らない、とつたえた。夕霧楼は大騒ぎになった。八人の娼妓たちは、八人とも時間花を稼《かせ》いでいる最中だった。最初小用に降りてきた久子が、かつ枝からそのことをきき、ついで時間花の客を玄関に送りだした敬子が耳にして蒼ざめた。

「お母《か》はん。たいへんどす。夕ちゃんは死ぬかもしれへん」

泣き叫ぶようにいった敬子の声は、瞬間、本館の二階のまわし部屋を大きくゆるがせた。

かつ枝は、鳳閣寺が焼けた日、大和病院を訪ねて以来、三どばかり夕子を見舞ってはいたが、夕子の顔をみても、べつに変ったところがないので安心していた。顔いろがわるいのは病気のせいだし、無口で、こっちの話ばかりきいているのは、いつもの彼女の性格である。変化とはいえなかった。

「やっぱりな、夕子はんは櫟田はんが死なはったんで、かなしゅうならはったんや。あのひと、日赤へ行かはったんとちがうやろか。新聞みて、正順はんに会いとうなって、走ってゆかはったゝとちがうやろか」

敬子が涙のにじんだ観音顔をひきつらせていうと、雛菊も松代も、照千代も、こっくりうなずいて、

「そうかもしれへんなァ、うちな、このあいだ大和病院へいった時、夕子はんがこないいわはったもン」

と照千代が、くまの出た蒼黒い瞼をぎょろりとむいていうのだった。

「櫟田はんはかわいそうなお人や。世間の人は、櫟田はんを国賊やいうて憎んではるけど、櫟田はんと小さい時からいっしょにあすんだあては、ちっとも悪い人やとは思えェへん。櫟田はんはやさしいええ人やった。五番町で、風邪ひいたあてが、なかなかなおらんいうて、何げのう軀の具合をいうただけやったのに、十日目に、アルバイトして手に入れたお金で、パスやてらいうアメリカの高い薬を買うてきてくれはった。パスだけやない、アクロマイシンてらいう薬も買うてきてくれはった。高い薬を、あてのために持ってきてくれはった。心のきれいな、親切な人やった。鳳閣はんを焼いたんも、そんなきれいな櫟田はんの心が焼いたんやない。櫟田はんを歪めはった寺の人がいやはったさかいに、櫟田はんは反抗してあんな大それたことをしてしまわはったんや。櫟田はんは鳳閣寺へきてから、何ど、自殺しようと思うたかしれんいうてはった。兄弟子さんから、和尚はんから、どもりどもりいうていじめられてばかりきやは

ったさかい、気が変にならはったンや。うちは、櫟田はんの胸の中をよう知ってる。櫟田はんが、鳳閣を焼かはったんも、つらい毎日の暮しから、どうにかして逃げだしとうて、どうにもならん。与謝へ帰るわけにもゆかへんし、ゆくあてはどこにもあらへんさかい……切羽つまった気持で、大それた放火をするような気持に追いつめられはったんや。うちには鏡のようにようわかる。櫟田はんはかわいそうな人や。あの人は国賊やない。夕子はんはそないいうて泣かはったンどす」

かつ枝は照千代のとぎれとぎれにいう顔を穴のあくほどみつめていたが、照千代までが、いつのまにそんな話をしたのかと驚かされると同時に、自分は夕子を見舞っても、ひとことも櫟田にはふれないように努めてきた、夕子の病気ばかりを気にして、かなしいことにふれないようにと努めたおろかさが悔まれる気がした。

〈やっぱり、あの娘《こ》は日赤ィへいったンや……〉

かつ枝はそう思った。照千代にいったことが事実ならば、それはあり得ることだといえよう。おそらく、櫟田の死骸《なきがら》は、警察の人たちの手で火葬場におくられ、今ごろは骨となり、やがて今晩にでも与謝の村へ帰ってゆくに相違なかった。樽泊の浄昌寺には、母親の新墓《にいはか》が出来たころだろう。子の櫟田もまた、その母親の眠っている墓へ帰るのであった。伊作の棺桶にしわがれた声で引導をわたした、細面のやせた和尚の苦虫をかみつぶしたような顔がうかんでくると、かつ枝は、櫟田の骨を受けとりにくるその和尚の顔も哀れにうつり、夕子が日赤へ駈けつけたであろう胸の中もわかる気がした。

夕子は病気だから、かりに日赤へいったにしても、櫟田の骨を見送っただけで、汽車に乗る元気はないだろう。とすると、やはり、日赤病院の、櫟田のなきがらに手を合わせ、ひと目の別れをしにいっただけだろうという思いが濃くなった。

「敬子はん、あんた、ほんなら日赤ィへいってみてくれへんか」

かつ枝はたのんだ。しかし、すぐそのあとで、頭をかすめたことがあった。鳳閣の焼ける前日、櫟田と会っている時、あの庫裡の横の木戸の前で、櫟田が顔を真赭にしていった言葉だ。

〈もうすんだ、もうすんだ、というて下さい……〉

それは何を意味したろう。

「ちょっとお待ちぃィな」

とかつ枝は、敬子が出かけるために廻り廊下を走ってゆこうとするのを止めた。

「やっぱり、ゆかんでええわ。あの娘《こ》は日赤ィへなんぞ行っとらへん」

かつ枝は背すじに冷たい風の吹きぬける音をきいた。心のなかで次のようにいいきかした。

〈夕子は櫟田のあとを追うて、日赤ィへいったかもしれぬ。今ごろは病院の門にもたれて、櫟田の骨を見送っているかもしれぬ。しかし、そんなところへ、夕霧から一人でも女が顔を出そうものなら、たいへんなことになるかもしれない。それでなくても、警察は、櫟田の鳳閣を焼いた原因を取調べている。関係者がなかったかと追及している矢先である。夕子がかわいそうだ……〉

〈夕子はとうに櫟田が夕霧へきた時から、鳳閣を焼く相談をうけていたかもしれない。そうでなければ、櫟田はあの日、夕子に、何もかもすんだとつたえてくれというはずがないではないか。櫟田は放火の準備がすんだので夕子にそれだけを告げたかったのだ。だから、夕子が大和病院にいるときいて、あのように苦しい顔をした。見舞いにゆくことができぬと拒否した。心の中で、夕子に、鳳閣が焼ける日を見ていてくれ、と願ったのではあるまいか。鳳閣をいつの日にか焼いてみせると断言していた櫟田は、ひそかにあの時夕子に準備がすんだと告げたかったのだ……〉

〈もし、そうなら、夕子は当然、大それた国宝放火を事前に知っていたわけだ。だまっていた共犯者といえる。櫟田に同情し、放火することをそそのかした夜もあったかもしれない……〉

そう思うと、かつ枝はふるえたのである。すると、もう、櫟田の問題に近よらない方がいい、と思った。気がすむまで櫟田の遺骨を見送ってきさえすれば、夕子はまた、病院へ帰ってくるだろう。心配はない。

「敬子はん」

かつ枝はいった。

「何にも、心配はいらんえ。あの娘《こ》が死ぬなんてな、そんな大げさなこと考えんでもええわな。じつは、いうのがおくれたけど、あては、あの娘の貯金通帳をあずかってるンや。あの娘が病院へゆくときに、何やかや、銭がいるさかい、このお金つこうて下さいいうて、あてに貯金通帳をわたしてくれたンや。あの娘が働いたお金が八万円もたまったァる。そんなお金をほったらかしておいて死ぬはずがないやないか。それから、親切にしてあげたあんたらァに何一つあいさつせんと、先走った心得ちがいをおこすような娘ォやないわな。敬子ちゃん、死ぬなんてあんたの思いすごしや。心配せんとおき。櫟田はんの自殺は、あの娘に大きなショックやったやろ。それはあてにもわかる。けど、あの娘やかて、うちにきてから、娘のままじっと昔の思い出ばっかりあたためてきたわけやない。大勢の男はんを相手にして、もうそろそろ世の中の裏側やら、男はんの醜さやらおぼえはじめはったころやないか。しっかりしたところもあった人やし、自分で死ぬようなそんな阿呆なことするわけがないやないか。あの娘ォには、銭を送らんならん与謝の村というもンがあるンや。病気で寝てはるお母《か》はんと、小っちゃい妹はんもまだ三人いやはるんやな。死ねる身ィやないえ……。きっと生きてはる。安心おしィ……」

かつ枝は下顎をふるわせて敬子の顔をみつめた。すると、敬子はむうっとしたような顔になって、

「そやかて、お母はん、万が一いうこともあるやおへんかいな」

反撥的に出た。敬子には、どことなく、影のうすかった夕子の病院での表情が、いま、ふっと不吉なものを予想させるのだ。兄とも思った櫟田正順が、大犯罪をおかして、警察で突然自殺したときけば、夕子は大きな衝撃をうけただろう。驚きと哀しみのあまりにふらふらっと町へ出て、日赤病院で櫟田の骨を見送ったあと、病院へ帰るのもイヤになって、東山か北山あたりの青みどりの林へいって、誰ひとり相談相手のなくなったこの世をはかなむあまりに、哀しい死出の旅を急ぐのではないかという最悪の事態がうかんでくるのである。

敬子はかつ枝の殺気だった顔をみて返事をまった。かつ枝は敬子をにらんだまま何もいわなかった。ふたりが廊下をへだてて対峙している姿を、七人の娼妓たちは、はだけた長襦袢の衿もかき合せようともせず、じっと息をのんで見ているのだった。

「勝手におし」

と、とつぜんかつ枝はかん高い声でいった。こめかみの静脈がむくむくとふくれ上り、ぴりッとはち切れそうにうごいた。

「敬子はん。あんたの思うようにおしな。気のすむまで、探して来なはい」

と、かつ枝はいつになくつり上った眼を充血させてつづけた。

「あては、よう行かんえ。夕子はんをそっとしといたげたい。気のすむようにそっとしておいたげたい。あの娘《こ》はきっと夕霧へもどってくるがな。もどってきたら、みんな、なんにもいわんとな、温こうむかえてあげよやないか。せやないかいな。夕子はんの心のかなしみは、あてや、あんたらがどないはたからしよ思うたかて……どうにもならへんのや。ふかいふかいかなしみや。時間がたつのを待つしかあらへんのや。わかっておくれるか、敬子はん」

かつ枝は涙を両頰にいくすじもつたわらせ、ぬぐおうともしない。娼妓たちは、こっくりうなずいて、かつ枝の説得に同調をしめした。

「敬子はん。お母はんのいわはるとおりや。きっと夕子はんは帰って来やはる。夕子はんはきっと夕霧楼へ帰ってきやはる」

松代がつぶれた声で半泣きになっていうと、敬子もやがてこっくりとうなずいて、あともどりしてきた。いきりたった顔をもとにおさめて、どたりと坐った。

「せやけどなァ、お母はん、夕子はんはどこへ行かはったんやろ。かわいそうやなァ」

敬子は、あきらめきれぬようにつぶやいて天神の空をみつめるのである。

翌日になった。夕子は、病院にも夕霧楼にも姿をみせなかった。失踪が確実となり、自殺説が濃厚となった。五条署員は何ども夕霧楼へきた。

「やっぱり、病気が苦になったんでしょうかね」

と、もうはや死の動機について訊ねるのである。

「そうどっしゃろか。かわいそうな子ォどしたんや。京都府の北の方の海べの辺鄙な村に生れはって、病気のお母はんの治療費をかせぐために、生娘から娼妓はんにならはりましたんやな。よう働く妓《こ》ォで、気だてもよろしおしたけんど、この冬に喀血しやはりましてな、あたしらの看護で、どうやらもちなおして、大和病院で、手術するちゅうことになって、順番まってはったンどすねやが」

かつ枝はひとことも、鳳閣放火の犯人櫟田正順と夕子とが懇ろであったとはいわなかった。

「やっぱり病気を苦にしたのでしょうね」

と警官は何ども同じことをいって帰った。そんな病人が、二日も帰ってこないとすれば、自殺説は確実とみられた。楼主のかつ枝や娼妓の敬子にも、夕子の死は次第に信じられるようになっていった。

しかし死んでいるとするなら、どこかで死体がみつからねばならないはずなのである。

警察が京都じゅうのどこを探しても、夕子の姿はないのだった。不思議といえた。

「本籍地へも問い合せたいと思います。……夕子さんの在所を教えてくれませんか」

と警官が訊きにきた。

「へえ」

と、かつ枝はふるえながら教えた。

「京都府与謝郡樽泊村字三つ股いいますねン」

警官は手帳に記入してすぐにひきあげた。国警が、宮津警察署に家出人片桐夕子の捜索を打電したのは、その三十分後であった。

片桐夕子の死骸がみつかったのは、八月二十七日午後二時ごろのことである。場所は樽泊の村の端《はず》れであった。夕子は、二十六日の朝、宮津に下車していた。成相寺廻り伊根ゆきの木炭バスに乗り、伊根町から、経ケ岬へゆくバスに乗りかえて、樽泊で下りている。

夕子は病院を出たときの浴衣を着ていたから、よく目立った。バスの男車掌の証言でそのことがわかったのだが、バスを下りてから、夕子は、どこを通ったものか、三つ股へは帰らずに、人眼をさけて、浄昌寺の裏にある墓地へ登ったらしい。死骸は、その墓地の一本の老朽した百日紅の根もとで発見されている。

片桐夕子は、彼岸花を紅く染めぬいた浴衣を着て、黄色い三尺をしめていた。病院を出たままの装《なり》である。持ち物は何一つなかった。百日紅の根もとにうつ伏せになって倒れていたが、睡眠薬を呑んだものらしく、傍らに一枚の白い薬包紙が落ちていた。

夕子のうつむいた顔はすでに草色に変色していて、発見がおそかったために、真夏のことでもあり、地面に付着した膝がしらや、掌や、腹の一部はすでに紫色にかわり、くさっているところもあった。発見者は墓掃除にきた村の女だった。大騒ぎになった。村の人びとは午睡《ひるね》どきでもあったので、びっくりして墓地にあつまった。

夕子の顔は死斑のために醜かったが、しかし、目を細く閉じた表情は、昏々と眠りに入ったままの、安楽死を物語っていた。

夕子の父親の三左衛門が、山へ仕事にいっていて、急報をうけてかけつけてきたのは夕刻近い時刻だった。

すでに、百日紅の下には筵《むしろ》が敷かれていて、夕子の死骸は仰向けに寝かされ、花柄の浴衣の裾前が、きれいにかきあわされてあった。骨のみえるような細い両足が、まっすぐにそろえられているのも哀れにみえた。

「夕《ゆう》。夕」

と父親は子の名をよんだ。背負《しょ》いごと呼ぶ、背負いのための背中あてを担った三左衛門は、人びとをかき分けてすすみ出、かわりはてた娘の名をいくども大声でよびながら、傍らに土下座した。

「夕、夕、いつ帰った。だまって、お前はいつ帰った。つらいことがあったンか、夕、夕、お父《ど》にだまって、なぜ死んだ、夕」

と父親は夕子の頬に荒くれた掌をあてて、なでさするようにして泣いた。夕子のものをいわない死顔に泣き伏して、謝罪するかのように土下座する気弱な山男の声は、墓地の斜面に居ならぶ村人たちの涙をさそった。

三左衛門は無精髭の顔をぬらしながら、娘の死骸をいつまでも眺めていたが、やがて背中あてを下ろすと、急に夕子を抱きしめて、くるりと馴れた手つきで、死骸を背負った。夕子の死骸は、父親の背中へぴたりとおぶさるように密着した。村の男が手をかし、三左衛門のしめていた兵児帯で、夕子の軀をくくりつけてやった。

夕子はだらりと草色の顔を父親の肩につけ、両手を万歳したような恰好にひろげ、大きな病気の子が、父に負われて病院へゆくようにみられた。

「夕、去《い》の。三つ股にお母《か》んが待っとる。夕、お前のおかげで、そくさいになったお母んが待っとる、幸《さち》もお照もみんな待っとるぞ」

と三左衛門は背中に語りかけた。

三左衛門は涙のかわいた蒼い顔を伏せて、墓場の斜面を下りた。

三つ股へ一里半の道は、樽泊の舟着場へゆく二た股道から、北へ岐《わか》れながら登り坂となる。村人が、樽前、鷺田《さぎた》、恩返し、鶴の巣、一本松とよぶ、巨大な崖のある海沿いの道であった。一年前に、夕子が三左衛門につれられて、鼠いろにかすんだ経ケ岬をうしろに遠ざけながら、京の五番町夕霧楼へゆくといって、二人の妹といっしょに歩いた道である。崖の裾は荒波が音をたてていたが、風のふきあげてくる白い一本道は静かだった。
蜩《ひぐらし》が鳴いていた。父娘《おやこ》が墓地を下り切ると、夕子の背中へいつまでも花が散った。

P+D BOOKS ラインアップ

居酒屋兆治　山口 瞳
●高倉健主演作原作、居酒屋に集う人間愛憎劇

血族　山口 瞳
●亡き母が隠し続けた秘密を探る私

家族　山口 瞳
●父の実像を凝視する『血族』の続編的長編

江戸散歩(上)　三遊亭圓生
●落語家の〝心のふるさと〟東京を圓生が語る

江戸散歩(下)　三遊亭圓生
●〝意気と芸〟を重んじる町・江戸を圓生が散歩

浮世に言い忘れたこと　三遊亭圓生
●昭和の名人が語る、落語版「花伝書」

P+D BOOKS ラインアップ

噺のまくら	三遊亭圓生	●	「まくら(短い話)」の名手圓生が送る65篇
山中鹿之助	松本清張	●	松本清張、幻の作品が初単行本化!
白と黒の革命	松本清張	●	ホメイニ革命直後　緊迫のテヘランを描く
詩城の旅びと	松本清張	●	南仏を舞台に愛と復讐の交錯を描く
風の息(上)	松本清張	●	日航機「もく星号」墜落の謎を追う問題作
風の息(中)	松本清張	●	〝特ダネ〟カメラマンが語る墜落事故の惨状

P+D BOOKS ラインアップ

風の息（下） 松本清張 ●「もく星」号事故解明のキーマンに迫る！

廻廊にて 辻邦生 ●女流画家の生涯を通じ〝魂の内奥〟の旅を描く

夏の砦 辻邦生 ●北欧で消息を絶った日本人女性の過去とは…

海市 福永武彦 ●親友の妻に溺れる画家の退廃と絶望を描く

風土 福永武彦 ●芸術家の苦悩を描いた著者の処女長編作

夜の三部作 福永武彦 ●人間の〝暗黒意識〟を主題に描かれた三部作

P+D BOOKS ラインアップ

虫喰仙次　色川武大
●戦後最後の「無頼派」、色川武大の傑作短篇集

遠い旅・川のある下町の話　川端康成
●川端康成 甦る珠玉の「青春小説」二編

親友　川端康成
●川端文学「幻の少女小説」60年ぶりに復刊！

罪喰い　赤江瀑
●〝夢幻が彷徨い時空を超える〟初期代表短編集

幻妖桐の葉おとし　山田風太郎
●風太郎ワールドを満喫できる時代短編小説集

わが青春 わが放浪　森敦
●太宰治らとの交遊から芥川賞受賞までを随想

P+D BOOKS ラインアップ

北京のこども	佐野洋子	● 著者の北京での子ども時代を描いたエッセイ
小児病棟・医療少年院物語	江川 晴	● モモ子と凜子、真摯な看護師を描いた2作品
悲しみの港（上）	小川国夫	● 現実と幻想の間を彷徨する若き文学者を描く
悲しみの港（下）	小川国夫	● 静枝の送別会の夜結ばれた晃一だったが
おバカさん	遠藤周作	● 純なナポレオンの末裔が珍事を巻き起こす
宿敵 上巻	遠藤周作	● 加藤清正と小西行長 相容れない同士の死闘

P+D BOOKS ラインアップ

宿敵 下巻	遠藤周作	● 無益な戦。秀吉に面従腹背で臨む行長
銃と十字架	遠藤周作	● 初めて司祭となった日本人の生涯を描く
ヘチマくん	遠藤周作	● 太閤秀吉の末裔が巻き込まれた事件とは？
焰の中	吉行淳之介	● 青春＝戦時下だった吉行の半自伝的小説
男と女の子	吉行淳之介	● 吉行の真骨頂、繊細な男の心模様を描く
剣ケ崎・白い罌粟	立原正秋	● 直木賞受賞作含む、立原正秋の代表的短編集

P+D BOOKS ラインアップ

残りの雪（上） 立原正秋 ●古都鎌倉に美しく燃え上がる宿命的な愛

残りの雪（下） 立原正秋 ●里子と坂西の愛欲の日々が終焉に近づく

サド復活 澁澤龍彥 ●澁澤龍彥、渾身の処女エッセイ集

マルジナリア 澁澤龍彥 ●欄外の余白（マルジナリア）鏤刻の小宇宙

玩物草紙 澁澤龍彥 ●物と観念が交錯するアラベスクの世界

今も時だ・ブリキの北回帰線 立松和平 ●全共闘運動の記念碑作品「今も時だ」

P+D BOOKS ラインアップ

秋夜	水上 勉	●闇に押し込めた過去が露わに…凛烈な私小説
五番町夕霧楼	水上 勉	●映画化もされた不朽の名作がここに甦る!
人喰い	笹沢左保	●心中現場から、何故か一人だけ姿を消した姉
天を突く石像	笹沢左保	●汚職と政治が巡る渾身の社会派ミステリー
剣士燃え尽きて死す	笹沢左保	●青年剣士・沖田総司の数奇な一生を描く
どくとるマンボウ追想記	北 杜夫	●「どくとるマンボウ」が語る昭和初期の東京

P+D BOOKS ラインアップ

少年・牧神の午後 北杜夫
● 北杜夫 珠玉の初期作品カップリング集

上海の螢・審判 武田泰淳
● 戦中戦後の上海を描く二編が甦る!

快楽(上) 武田泰淳
● 若き仏教僧の懊悩を描いた筆者の自伝的巨編

快楽(下) 武田泰淳
● 教団活動と左翼運動の境界に身をおく主人公

死者におくる花束はない 結城昌治
● 日本ハードボイルド小説先駆者の初期作品

親鸞 1 叡山の巻 丹羽文雄
● 浄土真宗の創始者・親鸞。苦難の生涯を描く

P+D BOOKS ラインアップ

親鸞2 法難の巻（上）	丹羽文雄	●	人間として生きるため妻をめとる親鸞
親鸞3 法難の巻（下）	丹羽文雄	●	法然との出会い……そして越後への配流
親鸞4 越後・東国の巻（上）	丹羽文雄	●	雪に閉ざされた越後で結ばれる親鸞と筑前
親鸞5 越後・東国の巻（下）	丹羽文雄	●	教えを広めるため東国に旅立つ親鸞
親鸞6 善鸞の巻（上）	丹羽文雄	●	東国へ善鸞を名代として下向させる親鸞
親鸞7 善鸞の巻（下）	丹羽文雄	●	善鸞と絶縁した親鸞に、静かな終焉が訪れる

（お断り）

本書は1966年に新潮社から発刊された文庫を底本としております。
あきらかに間違いと思われるものについては訂正いたしましたが、
基本的には底本にしたがっております。
また、底本にある人種・身分・職業・身体等に関する表現で、現在からみれば、
不当、不適切と思われる箇所がありますが、著者に差別的意図のないこと、
時代背景と作品価値とを鑑み、著者が故人でもあるため、原文のままにしております。

水上 勉（みずかみ つとむ）
1919年（大正８年）３月８日―2004年（平成16年）９月８日、享年85。福井県出身。1961年『雁の寺』で第45回直木賞を受賞。代表作に『飢餓海峡』『金閣炎上』など。

P+D BOOKS

ピー プラス ディー ブックス

P+Dとはペーパーバックとデジタルの略称です。
後世に受け継がれるべき名作でありながら、現在入手困難となっている作品を、
B6判ペーパーバック書籍と電子書籍で、同時かつ同価格にて発売･配信する、
小学館のまったく新しいスタイルのブックレーベルです。

五番町夕霧楼

2016年11月13日　初版第1刷発行
2025年5月7日　第10刷発行

著者　水上　勉
発行人　石川和男
発行所　株式会社　小学館
〒101-8001
東京都千代田区一ツ橋2-3-1
電話　編集　03-3230-9355
販売　03-5281-3555
印刷所　株式会社DNP出版プロダクツ
製本所　株式会社DNP出版プロダクツ
装丁　おおうちおさむ（ナノナノグラフィックス）

ISBN978-4-09-352285-4

P+D BOOKS